U0079363

夜市長大
的小女孩
古島觀光夜

小琪　十四歲

對未來感到迷惘的國二少女，憧憬曾是有名歌手的母親，歌聲甜美。

阿通　十五歲

老謝的獨生子，和小琪、亮亮是好友，擅長演奏樂器，和家人不合。

花姨　三十七歲
古島夜市自治會會長，熱心公益，
服飾店老闆，支持女兒亮亮的夢想。
亮亮　十五歲
花姨的女兒，和小琪一起向葛伯學唱歌和樂器，
不認同小琪猶疑不定的態度，夢想成為職業歌手。

葛伯　七十歲

小琪外公，熱衷表演的前二胡樂手，
平時在古島夜市擺捏麵人攤和教唱，
受夜市居民敬愛。

宋先生　三十三歲

民意代表，為獲得居民支持，
極力主張廢除古島夜市。

老謝　四十五歲

古島夜市的牛排大王，主張將「辦桌」轉型為清涼秀售票收益，和獨生子阿通有代溝。

目次

01. 民意代表
古島觀光夜

將近正午的陽光耀眼的照射在古島土地公廟前，鋪著紅磚的廣場上，有座用鷹架搭起的臨時舞台。舞台上，社區教室的媽媽學員們穿著民俗舞衣，正在為晚上的辦桌表演做彩排。

穿著正式套裝的民意代表葛小琪，領著一團來自各個夜市的代表來到廣場前。

一個穿著隨性，外型亮麗的女子正在指導一旁的小朋友彈吉他，眼尖的某代表看到她，驚訝的問：「那是亮亮嗎？當紅歌手亮亮？」

小琪看著女子說：「喔！那是亮亮沒錯，她也是出身古島社區哦！她每年都會參加辦桌的表演，等到晚上各位就可以看到她登台演唱了。」

「可是雜誌報導亮亮的老家不是在南部嗎？」

「這就說來話長了，中間有段故事呢！」

「這不是小琪嗎？」一個面容和藹、充滿活力的婦女向他們打招呼。

「花姨，好久不見！妳今年也上來參加辦桌了。」小琪熱情的回應著。

「南部生活是很悠哉啦！不過就是沒那麼熱鬧。有機會當然要來玩一下囉！各位代表，古島夜市的辦桌可是出名的有人情味哦！」

「這我們都有所耳聞了，所以才想來了解古島辦桌的成功之道呀！」

「那都要歸功小琪，要不是有她的努力，今天也不會有這麼成功的辦桌呀！」

「花姨，那是大家努力的成果啦！」小琪露出不好意思的微笑。

這時，一陣香濃的爆炒大蒜的味道隨風飄來，一旁的辦桌工作區，帥氣的年輕總鋪師穿著白色廚師袍，正在臨時搭起的廚房監工掌廚，只見他俐落的指揮著廚師們做菜，一旁有個歐吉桑看著總鋪師的工作，無法克制的露出得意微笑。

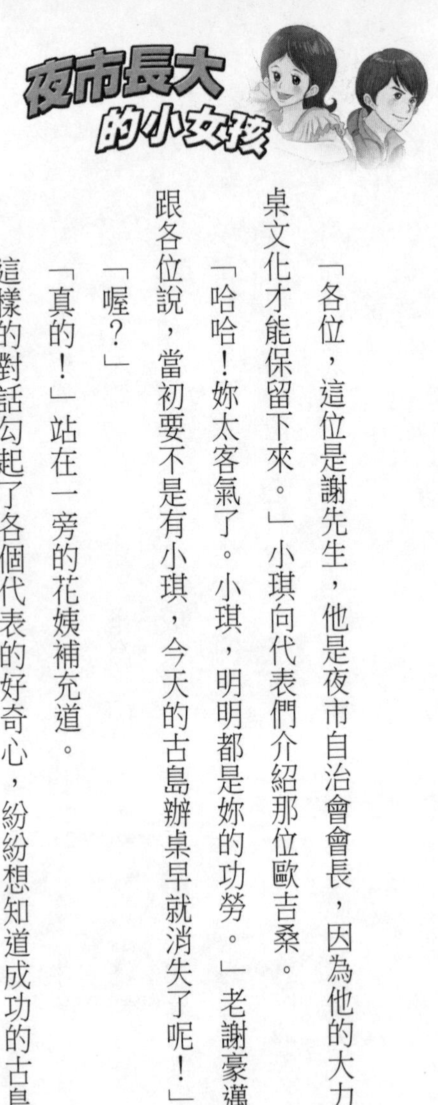

「各位，這位是謝先生，他是夜市自治會會長，因為他的大力維護，古島夜市的辦桌文化才能保留下來。」小琪向代表們介紹那位歐吉桑。

「哈哈！妳太客氣了。小琪，明明都是妳的功勞。」老謝豪邁的對代表們說：「我跟各位說，當初要不是有小琪，今天的古島辦桌早就消失了呢！」

「喔？」

「真的！」站在一旁的花姨補充道。

這樣的對話勾起了各個代表的好奇心，紛紛想知道成功的古島辦桌曾經發生過什麼事？

「小琪，今天晚上妳會留下來吧？」老謝向小琪確認。

「當然會啦！」

「好、好。」老謝稱許的點點頭。

「有什麼事嗎？」

「也沒什麼，妳留下來就知道了。」老謝邊說邊露出神祕的微笑。

「剛剛謝會長說，因為有葛民代，所以辦桌才保留了下來，是什麼意思呢？」一位代表代替大家詢問了他們都很好奇的事。

「那是言過其實了。」葛小琪不好意思的說。

「那聽說辦桌以前取消過，是為什麼呢？」

「好吧！那我們一邊吃點東西，一邊跟各位說說這個故事吧！」

小琪領著一行人來到陰涼的榕樹下，那已經擺好了許多圓桌，總鋪師端著一盤菜走了過來。

「小琪，這是特別為你們做的點心，讓你們先嚐嚐！」一道色彩鮮艷的佳餚擺在他們面前。

「這融合了法式風味的新菜，如何？」總鋪師得意的說，年輕的臉龐充滿著自信。

「這可是特別為了各位做的，如果各位能留到晚上，還有更多融合異國風味的辦桌新菜，只有在古島辦桌才品嘗的到喔！」

舞台上的民俗舞蹈排練告一段落，一位充滿活力的老先生帶著一把二胡上了舞台，開始唱起故事來。涼爽的晚風徐徐吹著廣場上的樹葉，花圃的花散發出芬芳，有茉莉、七里香和桂花。襯著二胡的音色，小琪的聲音抑揚頓挫，如同台上的老人，吸引著圍坐在身邊的人們，一同回憶起十五年前，他們都還很稚嫩的那段時光。

她看了一眼公事包上的小黃狗造型的捏麵人吊飾，回想起十五年前，還是國中生的自己，那年發生了許多事，改變了在場所有人的一生。有些回憶很快樂，有些很辛苦，但都是美好的成長體驗，小琪露出了欣慰的微笑，開始說起故事。

02. 公文

在人們的記憶中，那天是個艷陽高照的夏日正午，已有百年歷史的古島土地公廟前的廣場上，擠滿了正勤奮工作的人們，為傍晚即將聚集的人潮賣力做準備，氣氛是既熱鬧又雜亂。

一年一度的古島辦桌，是為了酬謝土地公和回饋鄉里，由商家和攤販所共同舉辦的夏日廟會，內容包括了商家們的舞台表演和辦桌兩個項目，所有孩子們最期待的慶典活動，古島辦桌通通都有。

從傍晚開始，各式點心攤販、燒烤飲料、彈珠檯、套圈圈和可愛寵物展示等攤位紛紛出籠，而晚上的重頭戲，就是辦桌與表演。

邊享受著辦桌的特色料理邊欣賞演出，一直是古島社區的居民最喜歡的娛樂之一。這是個只要有時間，有興趣和有位置都可隨興入座的開放晚宴，每年夏季搭配著夜晚涼爽的風和熱鬧的舞台演出持續舉辦著。但不知從何時起，越來越少社區居民參與，反而多是外來的觀光客居多，即使如此，夜市攤販依舊勤奮做著生意，反正只要有客人，管他從哪邊來的。

現在還是炙熱的正午時分，為了晚上的節目，土地公廟前的廣場上已經用鷹架搭起

了臨時舞台，並陸續有表演者在試音與走台。此時，在舞台上熱身試音的是小琪的兩個童年好友，阿通與亮亮。

賣力彈著電子琴伴奏，長相斯文白淨的阿通是全國鋼琴比賽國中組冠軍。而打扮時髦，身材高挑的亮亮人如其名，才國二卻已是知名樂團主唱，歌聲嘹亮的她，深受青少年歡迎。

有阿通和亮亮所在的舞台，就算只是排練，兩人合作無間的默契也讓台下乘涼的觀眾們都看得入迷了。

舞台一旁，十四歲的小琪懷著無比緊張的心情看著自己發軟的雙腿，一想到阿通與亮亮的排練結束，就輪到自己上台，她就想假裝成路人到一旁的攤販中間幫忙。其實小琪從學會走路開始就跟著外公學說唱表演，卻始終無法自在的在眾人面前表演，她因此感到很慚愧，認為自己無法順利傳承外公的技藝。

小琪的外公就是人稱葛叔的辦桌幹事，每年都會在古島辦桌上表演著名的傳統節目「行業故事」，這是個由攤販們輪流上台，講述整年做生意時發生的有趣事件和大家分享的演出。

只是，越來越多的攤販只顧著做生意，無暇學藝，說唱的表演性質也就荒廢了，只有葛叔特別執著維持傳統。

他在社區開了說唱教學班，亮亮就曾是學生之一，他也一直都訓練著小琪，讓她能像傳統一樣用說唱的方式表演故事。

最近幾年，越來越多攤販合邀專業的歌舞團表演，或者讓亮亮和阿通這樣有表演才華的小孩上台，葛叔的傳統陣營也只剩小琪和他自己了。

今年也一樣，為了讓傳統表演還能多個節目，葛叔特別為小琪爭取了表演名額讓她獨唱。其實葛叔這麼做，還有一個和小琪的身世有關的重要原因，葛叔曾對小琪說過，他這輩子最大的願望，就是看到小琪和她早逝的媽媽一樣，成為歌手在辦桌舞台上為古島土地公獻唱。

小琪回想起自己從六歲就跟著外公學唱，到現在也有八年了，雖然聽過她唱歌的叔叔阿姨們，都誇獎她有副天生的好嗓音，但小琪就是不覺得自己有多麼厲害。

最糟糕的是小琪有個很大的困擾，就是她會怯場，每年都想盡辦法逃避上台的她，今年終於還是逃不了。雖然只是彩排，但台下已經聚集的攤販與人群卻足夠讓小琪頭昏眼花，兩腿發軟。

舞台旁聚集著許多攤車，販賣著各式夜市美食，有烤香腸、銅鑼燒……舞台的右手邊，則有著辦桌的廚房工作區。

到了晚上，古島辦桌正式展開時，五十多張圓桌都會坐滿古島社區的居民，其中也會有自己的同班同學，人數會比現在還會多上數倍，一想到自己要在數百人面前演唱，小琪就更加驚慌。

此時，葛叔拿著兩根碳烤臭豆腐開心的向小琪走了過來。

「外公。」

「待會就換妳上台了，好好把握練習的機會，等等排練結束後，來吃外公特別幫妳準備的臭豆腐。」

葛叔笑嘻嘻的晃了晃手上的臭豆腐。

「外公，攤位沒有關係嗎？」

除了在社區教唱，葛叔平時的工作是捏麵人師傅，此時，身兼辦桌幹事的他正放著攤位到處亂晃著。

「沒關係，我有讓胖爸幫忙顧了。」葛叔說。

「外公，我好緊張。」小琪忐忑的說。

「放心放心，只要跟平常練習的時候一樣就好了，妳一定可以順利在土地公面前表演，像妳媽一樣，土地公會保佑妳的。」葛叔露出自信的表情說。

小琪從未見過自己的媽媽，所有的事都是從外公口中聽來的。

外公說，小琪的媽媽是個很受歡迎的歌手，只可惜身體太虛弱，生下小琪不久就過世了，留下祖孫倆相依為命；原本是走唱藝人的外公為了撫養小琪，轉而在古島夜市賣捏麵人為生，就這樣過了十四年。

外公最常和小琪說的，就是小琪的歌聲和母親多麼相像、多麼好聽的故事，聽到小琪的耳朵都快長繭了。

除了葛叔和小琪，專注看排練的還有亮亮的媽媽花姨和阿通的爸爸老謝。

每次亮亮上台，花姨都會特別幫她打理服裝。經營服飾店的花姨總是能用獨特的眼光裝扮亮亮，今日的主題是「民族歌手」，就見亮亮穿著縫滿亮片的民族風上衣，頭上帶著華麗的花飾。

「還是阿通厲害。」古島夜市最多金的牛排大王老謝看著自己的獨生子，驕傲的說道。

「是喔！真是『壞竹出好筍』喔！」花姨邊讚美著阿通邊虧老謝，畢竟花姨身為自治會會長，在自治會的成員中，老謝是最常有異議的攤販，經常為了自己利益和自治會唱反調，所以只要一抓到機會，花姨就會發洩平日累積的怨氣。

就在亮亮最後一聲高亢的尾音結束後，終於輪到小琪上台了。

雖然只是彩排，兩人精采的合奏還是獲得了許多掌聲。

小琪和下台的兩人打了聲招呼，戰戰兢兢的走上舞台，她只覺得舞台的階梯好陡好長，她暗自希望永遠不要走完。

她的妄想當然是不可能實現的，不到一會兒工夫，小琪就站在舞台上了。

站在舞台正中央的她，深刻感覺到舞台的寬廣，完全和在台下的感覺不同。居高臨下的看著台下眾人，她看到諸多眼睛的視線，過去的回憶又栩栩如生的跳了出來，在小琪的腦海裡不斷打轉。

站在身材高挑的亮亮剛使用過的麥克風前，小琪要仰著頭才勉強能對上嘴，音效大

哥連忙走上舞台幫小琪調整高度，試了幾次音後，就要正式來了。

小琪幾乎要聽到自己的心跳聲了，她顫抖的向前踩了一步，卻絆到了麥克風線，跌了個狗吃屎，而麥克風也應聲倒地，發出了很大的碰撞聲。

音效大哥趕緊上台檢查，發現麥克風竟然被小琪摔壞了，他們將小琪趕下舞台開始搶修，小琪既慚愧又慶幸的走下台，卻從眼角餘光瞥見葛叔一臉遺憾的樣子……她知道自己讓外公失望了。

因為這個意外，讓歌唱的排練中斷，改由跟著伴唱帶跳舞的歌舞團走台和試音。看到小琪的意外，夜市自治會的成員在台下看著舞團的彩排討論著。

「還好我早說過請些辣妹來扭一扭，清涼一下，這樣就不用擔心舞台太無聊啦！」老謝看著台上清涼的熱舞，自豪的說著。

「就是有你這種人啦！這樣還能叫做古島辦桌的表演嗎?當然是自己上台來的有趣啦！」花姨憤慨的說。

「妳不懂啦！就是因為請了辣妹來之後，辦桌才有越來越多的人參加，在我請她們來之前，來的人本來就越來越少了。」

「你還敢這樣說，現在來的人都不只是社區的了！」

「那很好呀！發揚光大耶！」

「那你們阿通也不用上台了呀！讓辣妹去跳不就好了？」

「哼！那當然。我們阿通將來要上國際舞台的，哪看的上這種小場地啊！」

就見阿通正癡癡的看著辦桌廚師俐落的工作，雖然外表斯文俊秀，但現在的他連口水都要流出來了，全無音樂才子的氣質。

看到夜市自治會的眾人吵成了一團，小琪更感到內疚，亮亮和阿通來到小琪身邊關心她。

「剛剛怎麼了？妳都沒有唱就下台了耶！」阿通不明就裡，關懷的問道。

「一上台就發不出聲音，接著就把麥克風摔壞了……」

「是妳被麥克風摔壞了吧！有沒有怎樣？」阿通關心的問。

小琪默默的搖搖頭，對她來說，就算受傷了都還比唱歌不順要來的好。

「像平常一樣就好了呀！」和阿通的關懷不同，亮亮板著臉質問小琪：「為什麼一上台就做不到，那平常的練習不就白費了？」

「我不像亮亮那麼厲害，就是做不到呀！」小琪垂頭喪氣的表示。

亮亮露出不以為然的表情，正要再說些什麼，卻見葛叔走了過來，滿臉關懷的問：「小琪，有沒有摔傷啊？」

「外公……對不起……」

「說什麼對不起……」

外公還想說些鼓勵小琪的話，這時工作人員走了過來，似乎是麥克風修好了，要請葛叔先上台試音了。

「可是，小琪還沒試完音耶！」葛叔說。

「時間有限，您要搭配樂器邊彈邊唱，還是請您先來吧！」工作人員說。

「外公，我沒關係啦！你快點上去吧！」

「好吧！」

葛叔上台後，古島夜市唯一純粹的行業故事排練就要開始了，他們趕緊盯著舞台，到晚上正式演出時，他們都要在後台等待，就沒辦法像現在這樣直接在台前欣賞了，所以三人都抓緊了機會，目不轉睛的盯著舞台。但台下的觀眾寥寥無幾，事實上就如老謝

所說，在亮亮與阿通的排練結束後，觀眾就各自散開，回到自己的工作崗位了，越來越沒有人想看傳統的表演了。

看著台上說唱俱佳的外公，小琪暗自希望到了晚上正式演出時，能有更多的觀眾支持行業故事。

舞台上的說唱才剛開始，台下對辦桌表演的意見卻還爭執不已。

「你這傢伙！」花姨氣憤的對老謝吼道。

「我怎麼樣？」老謝得理不饒人，繼續滔滔不絕的發表高論：「我跟妳說，辦桌表演就是要請辣妹來把場子炒熱，然後搭個棚子收觀賞費，自治會還可以賺一筆咧！」

「你還有沒有良心?竟然說要收錢?這明明就是為了酬謝土地公和顧客辦的耶！」

聽到老謝的意見，花姨覺得自己的腦袋要冒出火花了。

「我也覺得該收錢，而且妳看看，現在哪還有人在聽說唱?那太無聊了啦！」鄰近的胖爸邊燙著滷味邊表示意見。

「對呀！對呀！哪有什麼好堅持的，也不想想都什麼時代了。我覺得喔！還是辣妹

吸引人。」

「你們啊！我最近聽說社區的居民對歌舞團有點反感，畢竟有很多小孩都會來看表演，這樣對小孩不好啦！」花姨試圖提醒，辦桌畢竟是個老少咸宜的活動，搭配的表演當然也要是普通級的。

「話是這麼說沒錯啦！不過也沒有人真的反對吧！對吧？」老謝用一貫的敷衍模式應付著花姨。

「的確是還沒有……」

「那就好啦！等真的有人反對再說也可以啊！」

「老爸，阿姨都說請歌舞團不好了，你就不要多此一舉了。」

「阿通啊！大人的事小孩不要管，你的考試都準備好了沒有？」老謝提醒著兒子。

「我早跟你說過了，我不想去考啦！」

「你不要管那麼多，先去考就是了，成績出來了再說。」

「反正我不會去考，先這樣。」阿通說完想說的話，轉身就離開了，也不給老謝反駁的機會，留下老謝對著兒子的背影吹鬍子瞪眼。

02 公文

舞台上，外公結束了試音，又輪到歌舞團上台了，五六個年輕美麗、穿著清涼的辣妹又站上了舞台，一字排開顯得吸睛又亮眼。

不知何時開始，有幾個明顯和夜市商家們不同打扮，大熱天裡還穿著白襯衫的人也站在廣場上看彩排。

就在各攤販都被歌舞團吸引時，那幾個提著黑色公事包的人彷彿看夠了，很滿意的向花姨他們走了過去。

「這邊負責人是葛叔？」其中一位戴著黑框眼鏡的年輕人，用冷漠的語氣詢問著。

聽到有人要找負責人，葛叔趕緊上前招呼。

「我是這次古島辦桌的總幹事，請問各位有什麼事？」

「初次見面，我是民意代表宋清德，這是我的名片。」一位表情嚴肅的中年男子將名片遞給葛叔。

葛叔看著手上精美的名片，新上任的民代大家都有所耳聞，但依舊不解民代突然冒出來是為了什麼？

「這是市場處發的公文。」

戴眼鏡的男子從公事包中拿出一封公文交給葛叔，葛叔趕緊拆開來看。

「從今天開始，辦桌得要停辦，舞台也限三天內拆除。」男子繼續說。

「這是怎麼一回事？」辦桌和表演是社區傳統呀！葛叔不解的問道。

「其實呀！老先生，夜市的辦桌活動已經騷擾到社區民眾了。」戴眼鏡的男子故做幽默的調侃著。

「騷擾？可是辦桌就是為了居民舉辦的啊！」葛叔不解的說著。

「該怎麼說呢……啊！你好，我是宋先生的祕書，叫我小林就好了。」小林邊說邊硬是拉著葛叔握了握手。

「其實呢！就是因為有社區居民到宋先生的辦公室投訴，你自己也看到了。」小林刻意看了看舞台上的辣妹們，停了一會，確定眾人的眼光都注意到後才繼續說：「雖然你們說這是為社區居民辦的傳統表演。但是呢！居民就是投訴表演的內容兒童不宜，加上晚上的歌舞噪音和吃飯的喧嘩，讓附近的居民都已經受不了啦！所以就請我們宋先生出面啦！」

「你也看到了，我們宋先生可是真正的民代呢！是有認真在做事的，所以馬上就要

02 公文

我來調查一下，也順便請長官們簽了一些文件。你看，文件不就在你手上了嗎？我們可都是依法辦理的。」

小林指了指先前遞給葛叔的文件。

「那就萬事拜託啦！麻煩你了，葛幹事，請你們三天內處理好舞台，把廣場還給居民吧！我們先走囉！」

民代宋先生環視著辦桌舞台以及附近的攤販搭起來的棚架與桌椅，一旁，還有辦桌的工作區正熬煮著羹湯，一切都顯得熱鬧非凡。

宋先生暗自慶幸，還好公文在中午前通過了，否則就來不及阻止這場活動。

「請等等，這之中一定有什麼誤會！」

葛叔試圖喚住轉身要走的男子們。

此時，遞完名片後就一直未開口的宋先生說話了：「葛老先生，你們可能覺得辦桌是為了居民舉辦，但我們也到現場看過了，你自己看看。」

宋先生比了比舞台。

「那些清涼秀怎麼樣都不像是為了服務居民吧？古島社區民風純樸，就是因為這些

歌舞秀，反而吸引了外地各式各樣的人來觀賞，你能摸著良心說，晚上來吃飯的，真的都是社區居民嗎？」

「這已經是變相的風化場所了。古島社區一直以來，能夠與商圈並存，就是因為商業環境都很單純，規模也不大，畢竟這塊區域主要還是住宅區為主，所以類似這樣的大型活動，其實讓居民困擾已久，加上現在這些表演又不單純，能夠為真正居住的民眾發聲是我們的責任，請各位好好配合吧！」

聽完宋先生一連串的話，葛叔還想解釋些什麼，但說完話後宋先生就頭也不回的走了，讓他毫無反駁的機會。

「很抱歉，從此以後，古島夜市再也不能舉辦辦桌，否則就要處以罰款。」

小林擋住想追上去的葛叔。

「怎麼這個樣子！」夜市攤販紛紛抗議著，卻無法改變事實。

民代和公務員離開後，留下面面相覷的眾人。

「我跟你說過了吧！正妹正妹，現在可好啦！」花姨狠狠的兇了老謝一頓。

「葛叔，我們該怎麼辦？」花姨擔憂的問著。

葛叔表情憂鬱，滿是皺紋的臉都皺在一起。

「辦桌，辦桌是很重要的傳統，不能停呀！」葛叔焦急得滿頭大汗，一直重複著這幾句話。

這個消息讓他不知所措，只見他突然露出痛苦的表情，緊緊抓著胸口，撲通一聲，就在眾人面前倒下了。

「葛叔！葛叔！」眾人趕緊扶著葛叔，

「糟糕，葛叔本來就有心臟病，有沒有人知道葛叔的藥在哪？」

「葛叔的藥放在哪裡？快點叫小琪過來！」

「小琪！妳外公昏倒了！小琪！」阿通趕緊尋找著小琪。

一個有著結實肌肉，看起來像健身教練，手上還拿了串燒烤的中年男子衝了過來，開始幫葛叔做ＣＰＲ。

小琪只記得現場一片慌亂，不久救護車趕到了，葛叔很快的被送上車，朝醫院奔馳而去。

葛叔住院期間，在花姨的指揮下，辦桌舞台和工作區很快被拆除了，小琪看著一一

被拆下來的鷹架，還有沒有任何人有機會享用就收起來的食材與碗筷，那年暑架，就這樣在沒有辦桌的狀況下結束了。

這是小琪度過的第一次沒有辦桌的假期，她擔憂的想著，辦桌取消後，外公和說唱行業故事的未來將會如何？

03. 辦桌傳統
古島觀光夜

早晨的陽光從窗戶照了進來，光線映照在老舊的木製圓桌上，將木紋與空氣中的灰塵照映得閃閃發光。

小琪穿著刷洗到有點泛白的制服，一個人在老舊的公寓裡吃著早餐。這是葛叔住院的第一個星期，大家都以為葛叔馬上就可以出院了，沒想到竟然要住院觀察……

小琪邊吃著烤吐司邊看著外公的工作桌，想起平時外公總會坐在桌前，用各種工具做出捏麵人細緻的圖案。桌上擺了許多工具，有可以繪出臉部鬍鬚的墨筆，剪出花瓣和手指的剪刀，刻劃出各種效果的梳子，還有必備的竹籤也擺放在熟悉的位置，而做好的捏麵人則擺在工作桌旁的檯子上。

從小琪有記憶開始，她就和外公一起住在老公寓生活，外公住院後，只剩下小琪一個人，她望著空蕩蕩的座位，覺得好寂寞……

或許是因為寂寞，小琪將平常放在書包內袋的吊飾拿了出來，掛在自己隨時可見的書包正面。那是個老舊的捏麵人吊飾，是隻有著又大又扁平的下垂耳朵，還吐著粉紅色的舌頭彷彿在微笑著的黃色小狗，雖然小狗的顏色已經褪色為暗沉的土黃色，小琪還是最喜歡它，因為外公曾說過這是小琪的媽媽留給她的禮物，小琪總是很寶貝的珍惜著。

平時小琪上學前，外公都會站在門口送她出門，提醒她路上小心和早點回家，這整個星期，小琪都對著安靜的空氣默默道別，假裝外公也站在門口，然後像平常一樣，迎著清晨的陽光出門。

小琪班上有許多同學和她一樣，家人都在古島夜市擺攤做生意，大家一起在夜市長大，當古島夜市備受尊敬的葛叔住院的消息傳開後，休息時間，總是有許多同學們包圍著小琪，持續關心葛叔的狀況。

「葛叔還好吧？」體型高大的大胖關心的問。

大胖的家裡是賣滷味的，或許因為經常偷吃的關係，所以長得比同年齡的孩子都要來得魁梧。

「已經一星期了耶！」長得有點像唐老鴨，有著一張大嘴巴的小賈也關心的問道。

父母在夜市擺攤賣衣服的小賈，和大胖家一樣都沒有固定的店面，而他們兩最大的夢想，就是未來能開個屬於自己的店面，相同的夢想讓兩人成了好友，總是同進同出。

「聽說要做些精密的檢查……說不定會開刀……」小琪怯生生的說著。

「開刀？」

「說不定啦！還在評估中。」

「如果能順利就好了。」大胖真心的祝福著。

「謝謝。」小琪害羞的回應。

「我媽說，其實辦桌和表演停辦也沒什麼不好的……」小賈轉述著家裡的家常話。

「對呀！我爸也這樣覺得。他說每年辦桌都要花很多錢，而且停辦了，葛叔就可以休息了呀！畢竟每年都請他當幹事，難怪會病倒……」

大胖和小賈你一言我一語的，雖然沒有惡意，但小琪聽著他們說的話，深深為外公感到遺憾，外公這麼深愛的辦桌原來並不受到大家歡迎啊……

「這個吊飾好醜喔！」班上的優等生林琳突然走了過來，打斷了他們的對話，她抓著小琪鍾愛的小黃狗吊飾說道。

「真的超俗的，現在還有人在掛這種奇怪的吊飾啊？」

「小琪，妳不要掛那麼俗的吊飾啦！」小賈也幫腔說道。

「這個不錯吧！把那個換掉吧！」林琳阿莎力的拿出最近入手的偶像吊飾，要幫小琪換上。

「等……等……」

只要在眾人面前，小琪緊張的毛病又發作了，一句話都說不出來，越想辯解發出的聲音卻越是結結巴巴，林琳已經開始動手換下小黃狗捏麵吊飾了，小琪還是無法說出流暢的話阻止……

「啊……我……可是……」

正好拿著作業回教室的阿通看見大家圍著小琪，趕緊幫她解圍。

「你們在幹什麼啊？欺負小琪喔？」阿通用輕鬆的口氣問著。

「沒有哇！只是想幫小琪換個吊飾而已。」

看到阿通出現，大家趕緊散開讓出個位置給他，身為牛排大王的獨生子，又是鋼琴冠軍的他，說是學校的偶像也不為過；而小琪是阿通最好的朋友，又是另一位學校名人亮亮的青梅竹馬，大部分的同學都很羨慕小琪。

「那是小琪的媽媽留給她唯一的東西耶！不能換啦！沒看到小琪不想嗎？」

「喔！這樣啊！不想換妳就直接說啊！真是的。」林琳抱怨著，將拆下的小黃狗還給小琪，小琪趕緊寶貝的緊握在胸前。

「啊！為什麼妳媽媽要留這麼醜的吊飾給妳啊？」其他同學一聽到是小琪母親的遺物，紛紛露出遺憾的表情。只有林琳，除了功課好以外，林琳似乎沒有任何體諒的基因存在，心直口快是她的特色。

「我也不知道……」小琪低著頭，用蚊子般細小的聲音回應著。

「那這個吊飾也給妳吧！」林琳將偶像吊飾塞到小琪手中。

上課的鐘聲響起，大家趕緊回座準備上課。小琪默默的將小黃狗吊飾繫回書包背帶上，將偶像吊飾收了起來。

放學的學生三三兩兩走在校門口，有的趕著去補習，有的準備和朋友去遊玩，而和阿通告別並趕緊飛奔到醫院，已經是小琪這星期的例行公事。醫院的走廊上有著刺鼻的消毒水味道，潔白的空間總是讓小琪聯想到在插畫上看到的天堂，她不禁好奇媽媽是否也住在這麼白淨的地方？每天都準時到病房探望，小琪已經非常熟悉醫院的環境，她如識途老馬般來到了葛叔的病房。葛叔悠閒的躺在病床上，正開朗的和同房的病人聊天。

「外公。」

「喔！葛叔，這是你外孫女喔？」看到小琪，同房的病人親切的問道。

「對呀！小琪來，跟陳伯伯問好，他是今天才住進來的朋友喔！」

「陳伯伯好。」小琪乖巧的問候著。

「好好，這就是你那個很會唱歌的孫女喔？」

「對對，本來今年要讓她上台獨唱的。」回想起辦桌取消的事情，外公又露出黯淡的神色。

「就是那個今年被取消的辦桌表演喔？」

「對呀！想當年還是我復興起來的咧！」

「是喔！那真不簡單。」

一位護士走到病房內，喊了陳伯伯的名字。

「換我去做檢查啦！你們慢慢聊，下次唱歌來聽聽啊！」陳伯伯不知道自己隨口說的話，在不久的將來會讓自己後悔莫及。

「小琪啊！今天過得如何？來吃個水果，這個蘋果是花姨送的，很甜很脆喔！」葛叔住院期間，就只有小琪一人在家，他特別關心外孫女的狀況。

床邊的櫃子上放了許多顏色鮮豔的水果，讓白色的病房增添了活潑的氣息，有個水果籃上面還寫著「古島夜市自治會」的字樣。

「今天也很好呀！」

小琪拿起水果刀俐落的削起水果來，平常都是她在料理食物，所以削個水果完全難不倒她，不一會，小琪就切好了一盤水果拼盤給外公。

「外公，剛剛你說辦桌是你復興的喔？以前都沒聽你說過，復興是什麼意思啊？」

「對呀！這就要說起妳媽媽了，想當年啊……」

果然又和媽媽有關，雖然不討厭聽，但聽久了也會膩，小琪心裡默默嘆了口氣，專心聽著外公講古。

「那是我還年輕時候的事了，當時啊！我帶著妳媽媽跟著戲班到處表演，大家都很羨慕我有個很能幹的女兒……可惜命不好……」

「生下我不久就過世了……」每次講到早逝的媽媽，祖孫倆都會露出遺憾的表情。

「是呀！留下了妳，我一個大男人不方便帶著小孩流浪，然後戲班逐漸使用錄音帶伴唱，剛好我也想說，該好好找個地方照顧妳了。」

「畢竟媽媽只留下我一個寶貝女兒嘛！」

「那時啊！戲班每年都會到古島社區唱給土地公聽，這邊的土地公超靈驗的，只要有來這邊演出，整年的生意都會很好；遇到某些狀況沒辦法來的時候，就會不好，屢試不爽。」

「你又很喜歡這邊的辦桌表演，所以我們就留在這邊了。」小琪接著說：「定居這邊後，外公也轉行做捏麵師傅了。」

「真是……不讓我說完啊……」

「因為外公每次說，我聽得都要會背了。」

每次講到這段故事，祖孫倆總是有著特殊的默契，一同緬懷早逝的親人。

「然後我就試著讓辦桌的表演有個規律起來，也鼓勵攤販上台說故事……就這樣當了十幾年的辦桌幹事呀……」葛叔嘆了口氣。

「我最大的心願，就是能看到妳和妳媽一樣，站在同一個舞台上，給土地公講故事聽，讓土地公好好保佑妳每年都順利平安……」葛叔紅著眼眶，哽咽的說。

眼看外公已經陷入傷心的往事，情緒低潮了起來，小琪趕緊轉換話題說：「外公，

你再跟我說說土地公廟的歷史嘛！」

葛叔吸了吸泛紅的鼻子說：「好……妳記得土地公廟有幾年了嗎？」

「好像有八十幾年？」

「更早！真是的，怎麼妳就是記不得呢？」葛叔激動的糾正小琪。

「我對數字沒轍呀！外公。」小琪撒嬌的說道。

面對小琪可愛的模樣，葛叔只好嘆了口氣繼續說道：「古島土地公呀！可是有一百年歷史的老神明啊！不知道從什麼時候開始，在土地公廟附近聚集了做生意的攤販。剛開始，只有傍晚和晚上，人家要吃點心和消夜的時候才會聚集，漸漸的，因為社區開始發展了，人變多了，所以就有些定點的攤販出現，最後就形成現在的固定夜市啦！」

「嗯！而且也創了自治會和政府部門溝通嘛！外公你很常說。」

「我常說，那妳怎麼都不記得？」

「這個嘛……」

「要關心眾人之事啊！小琪。」

「我又不唸政治，幹嘛要記啊？」小琪抗議道。

「只要是眾人的事就要關心呀！這樣才能和大家團結一心，一起完成很多事情！和大家一起完成工作是最能學到很多道理的了。」

「好好，然後呢？」托外公的福，小琪的公民與道德分數一向很高。

「然後呢！不知道從什麼時候開始……」

「是『很久很久以前』吧！」小琪取笑著外公總是記不清年代。

「咳咳！反正呢！某天有個攤販，他的名字也沒什麼人記得了，只知道他的生意很差……但他很會說故事，所以他經常對著聚集在土地公廟面前的孩子們講故事，講的都是他做生意時遇到的趣事，結果他的生意漸漸變好了起來。於是其他攤販認為他得到了土地公的保佑，紛紛效法他的做法，講做生意的趣事給土地公聽，就是後來我們所說的行業故事啦……後來一度發展成請戲班來唱戲，直到我又開始推廣行業故事……結果就變成現在這樣啦……」

「這次真的很可惜，明明妳就要像妳媽一樣，在同個舞台上演唱了……偏偏……」

外公說著說著，不禁又泛起了淚光。

「如果能夠重辦辦桌就好了，一次也好，我好想看妳在土地公面前演唱，那可是會

得到一輩子保佑的喔！」葛叔對著小琪露出慈祥卻遺憾的微笑。

看到外公如此落寞的神情，小琪感到胸口一陣緊縮，她暗自下定決心，雖然不知道自己能做些什麼，但她想要再看到外公在舞台上，充滿活力又快樂的樣子。就在這時，一個清脆的聲音從門口傳了過來。

「保佑什麼啊？」

外公和小琪循著聲音來源，只看到亮亮揹著吉他，帥氣的站在門口。

「亮亮！」

「小琪。」亮亮用她一貫平淡的語氣回應著。

「妳今天怎麼有空？」小琪開心的問道。

「今天不用練團。」亮亮邊說邊將吉他放在一旁，吉他幾乎是她的註冊商標，無論到哪都揹著。因為參加樂團的關係，亮亮總是非常忙碌，也很少和小琪聚會，雖然才國二，看起來已經有高中生的樣子，小琪默默的羨慕著亮亮成熟穩重的氣質。

「老師，今天還好嗎？」亮亮問道。

亮亮一直到小學畢業為止，都和葛叔學習二胡和唱歌，即使現在已經沒再上葛叔的課了，卻還是習慣稱呼葛叔為老師。

「很好很好，真是的，不過就是血壓高了一點，醫生竟然要求住院檢查！」

「老師，再微小的症狀都不可以小看喔！」

「還是這麼一板一眼的，妳老媽沒有教妳怎麼和人相處嗎？」

「有哇！但既然是老師，就不需要那麼客套了吧！」亮亮露出調皮的微笑。

「今天我媽叫小琪一起來吃晚餐。」

「幫我跟花姨說謝謝，有她這麼照顧小琪……我就放心了。」

「剛剛你們說的是什麼祝福啊？」

「那個呀！是要小琪以後也要成為偉大的歌手，只要為土地公演唱過，不管做什麼都會成功順利的。」

聽到外公的話，小琪不自在的笑了一笑。

「難怪我的樂團之路很順呢！」

「看吧！小琪，妳要多跟亮亮學學，以後兩個人一起當歌手！」

小琪又是一個不自在的微笑，藉口要去廁所而逃離了病房。當小琪回到病房，亮亮

正請教著葛叔一些歌唱上的技巧問題，看著他們聊天的模樣，小琪覺得好懷念，彷彿又回到了小時候和亮亮一起練唱的日子。他們一直聊到天色變得昏暗，夕陽的餘暉透過窗戶照射進來，將白亮的病房映照成火紅色才想起該回家休息了。

「都這個時間了啊！」葛叔驚訝的看著時鐘說：「天都要黑了，妳們兩個快點回去吧！」

「好，那我們一起回去吧！」

和小琪一樣，亮亮也住在距離夜市只有幾步之遙的古島社區。向葛叔道別後，兩個少女並肩走在醫院的長廊上，影子被夕陽映照的長長的。

「好久沒有和妳一起走路回家了。」

「嗯！因為亮亮妳後來都要去上吉他課和練樂團呀！這樣功課跟得上嗎？」

「還可以。」

兩人並肩走到了社區附近的公園，公園內有座小山丘，狹窄的步道可以通上山頂，只要是社區的孩子都喜歡爬到上面玩耍。

「妳還記得以前我們三個人經常一起合唱嗎？就在土地公廟前的廣場上。」亮亮看著山丘突然問道。「我們和阿通一起，經常吵得附近鄰居都出來罵人。我們還組了一個現在回想起來，很幼稚的樂團，妳記得嗎？」

小琪露出困惑的表情，亮亮繼續提醒著。

「而且我們還做了一個約定。」

「約定？」亮亮的話讓小琪完全摸不著頭緒。

「妳不記得了？唉……下個月我要參加歌唱比賽。」在小琪還搞不清楚的狀況下，亮亮又改變了話題。

「亮亮，妳一定會得第一的。」小琪真誠的祝福著。

聽到小琪的祝福，亮亮突然認真說道：「小琪，妳也來參加吧！」

「我哪行啊！我連站在台上說話都有問題了耶！」

「妳很會唱歌呀！只要克服怯場，一定可以贏得比賽的。」

「要說唱歌的話，當然是亮亮比較厲害呀！我去比一定輸的啦！」

「妳為什麼要站在辦桌舞台上唱歌？」

「那是因為這是外公的希望呀……」

「每次都這樣，不管做什麼，都是別人叫妳做妳就去做，妳自己想做的事呢？」

「想做的事？」

「妳的夢想是什麼呢？」

「我只是希望大家都很開心而已……」

「大家都開心了，那妳呢？」

「我……我不知道……」

「在妳想起約定之前，我不想再和妳說話了。」說完，亮亮加快腳步離開了。

「亮亮！」

看著亮亮揚長而去的背影，小琪目瞪口呆的站在原地，一點頭緒都沒有。

「亮亮，我不像妳知道自己想要做什麼，只要是外公開心的事情，我都願意去做。不知道自己想做什麼不行嗎？亮亮說的約定到底是什麼？」

小琪想不通亮亮為何突然發脾氣，也不敢去花姨家吃飯，只好獨自落寞的走在回家的路上。孤單的影子被路燈拉得細長，和小琪的夢想一樣默默無語，忠心的跟在小琪腳下。

04. 未來
古島觀光夜

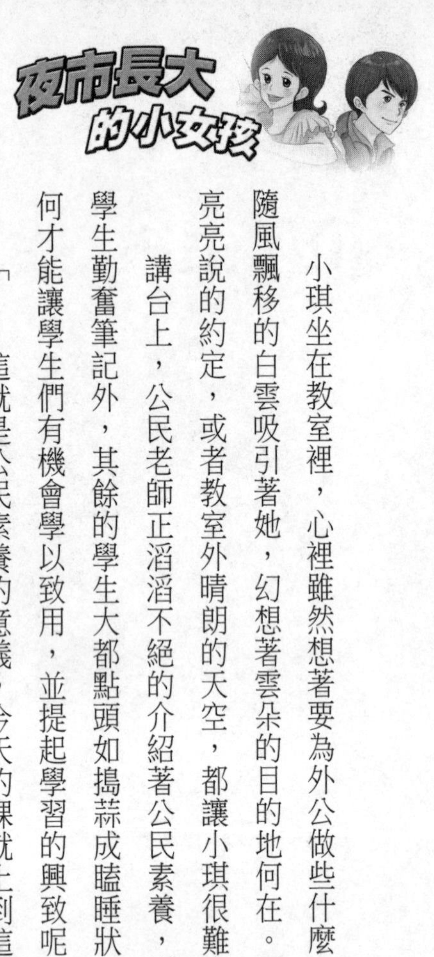

小琪坐在教室裡，心裡雖然想著要為外公做些什麼，卻一點想法也沒有，倒是窗外隨風飄移的白雲吸引著她，幻想著雲朵的目的地何在。不論是滿腦子想著外公的事情和亮亮說的約定，或者教室外晴朗的天空，都讓小琪很難專心聽講。

講台上，公民老師正滔滔不絕的介紹著公民素養，而講台下，除了少數成績優良的學生勤奮筆記外，其餘的學生大都點頭如搗蒜成瞌睡狀，讓老師不禁感到憂心，不知如何才能讓學生們有機會學以致用，並提起學習的興致呢？

「……這就是公民素養的意義，今天的課就上到這裡，下次上課要小考。」老師也只想得到抽考這個方法了。

「欸！」一聽到考試，台下學生按照慣例發出了一片哀嚎。

「不要啦，老師……」

「小老師。」老師也已經習慣對哀嚎充耳不聞了。

聽到呼喊公民小老師的聲音，小琪這才回神，趕緊舉手回應：「在這裡。」

「下次上課前，先到我辦公室來拿考卷發給大家。」

「知道了。」

交代完事情，老師迅速離開教室，躲避接著而來的懇求聲，如果走得不夠快，就會有懇求的小手和水汪汪的眼睛攔下她，祈求她改變心意，這是她最不想面對的情況。

目送老師逃跑似的奔離教室後，小琪心想，既然自己怎麼想破頭也想不到好方法，乾脆找阿通商量好了。

「欸！阿通。」

「幹嘛？」

「問你喔！」

「給妳問。」

「有什麼辦法可以讓我外公開心呢？」

「怎麼突然問這個？」

「昨天啊……」小琪將昨天聽外公說的故事一五一十的告訴了阿通，唯獨省略了自己也搞不清楚狀況，與亮亮的對話和約定。

「想要為葛叔做些什麼呀……」聽完後阿通抱著胳臂想了一會。

「嗯！葛叔最大的心願就是看妳站在辦桌舞台上唱歌吧！」

「你怎麼會知道？」小琪驚訝的說。

「葛叔經常掛在嘴邊呀！大家都知道吧！」阿通理所當然的說著。

「可是我……」

「怎麼了？」

「我不知道……我並不想上台唱歌……」

「妳怕唱不好？」

「一來是這樣……二來……我其實沒有很喜歡上台……」

「那我們先試試看恢復辦桌和表演吧！沒有辦桌妳也沒有舞台吧！」阿通一臉輕鬆的說道。

「那種事情怎麼做得到啊？」

「不做做看怎麼知道做不到？」

「可是……」

「不要可是啦！今天放學後我們一起去問問看花姨吧！」

「問花姨？」

「對呀！她是自治會長，夜市的活動她應該都了解吧！」

「對耶！謝謝你！」小琪感激的向阿通道謝。

「阿通，導師要你去輔導室一下。」從辦公室回來的林琳抱著一堆講義說道。

「喔！」阿通皺著眉頭回應。

「去輔導室做什麼？還好嗎？」

「嗯！我大概知道是什麼事，先這樣啦！」

雖然想問清楚緣由，但阿通一溜湮就跑掉了，小琪只好默默祈求阿通一切順利，不要被老師責備。

放學後，小琪和阿通先到醫院探望葛叔，結束探病後，他們才來到花姨的服飾店。

花姨的店位於商店街中段，店門口裝飾著白色花盆，一走進店內，就可以聞到淡淡的花香，店裡的地板是由木頭打造，牆壁也粉刷成天藍色，是古島商店街最受女孩青睞的服飾店。在擁有諸多商店的街上，花姨的店一直毅立不搖，堅定的展露著自己獨特的風格。

花姨的先生在孩子出生前就過世了，她獨自撫養亮亮長大，除了擁有高人氣的服飾店和古道熱腸的性格，花姨最知名的特色就是全力支持獨生女亮亮的夢想，為她的搖滾歌手之夢鋪路。

「花姨。」小琪對著正在整理衣服的花姨打招呼。

「小琪和阿通呀！放學啦！」

「對呀！」

「小琪啊！昨天叫妳來吃飯，妳怎麼沒有來呢？」

「我……」小琪不敢說自己惹亮亮生氣了。

「晚上有好好吃飯嗎？」花姨關心的問。

「有。」小琪趕緊回答。

「那就好，今天留下來吃吧！」

花姨對於和自己女兒同年齡的小琪，總是視如己出，疼愛不已。

「好，花姨……其實……」

「好，那今天想吃什麼？」不等小琪說完，花姨又俐落的問道。

「花姨，我們有事想問妳啦！」趁話題還沒被轉移到日常對話前，阿通趕緊表明尋求協助的意圖。

「好呀！要問什麼？」

「是關於辦桌的事……」

「辦桌呀……」提起被取消的傳統，花姨也露出了惋惜的表情。

「花姨，妳不覺得取消辦桌和表演很可惜嗎？」

「很可惜啊！可是這也是沒辦法的事，連公文都下來了……」

「那如果我們想恢復，有什麼辦法可以試試看嗎？」

「對呀！花姨，妳是會長，應該有辦法吧？」

阿通與小琪兩人你一言我一語的聊著辦桌，讓花姨很感興趣。

「你們怎麼會想要恢復呢？」

「因為……外公很希望能看到辦桌表演恢復……我想幫他……」小琪鼓起勇氣說出了原因。

「這樣啊！想幫葛叔呀……」花姨疼惜又讚賞的看著小琪，心想葛叔沒有白疼這個

外孫女，但同時感到遺憾的表示：「可是這不是我說怎樣，就能怎樣的……」

「花姨，幫我們想想辦法嘛！」

「嗯……不然我們到自治會去看看吧！剛好今天有開會，問問大家的意見，畢竟這可是要所有人同意才能舉辦的活動呀！」拗不過兩人的花姨，也只能提出這個建議了。

在吃過花姨精心準備的家常菜後，三個人來到了自治會。

自治會辦公室就位於古島土地公廟附近，是間五坪大左右的辦公空間，裡面放了一張長方型的會議桌和白板，數張椅子以及鐵製的檔案櫃，櫃上擺著精製的小盆栽，一塵不染的室內散發著精油的芳香。這些都是出自會長花姨的巧思，將辦公室的氛圍營造得清新溫暖，除了定期會議，自治會成員經常將辦公室當做聚會嗑牙的場所。

從小在夜市長大的小琪和阿通，來到辦公室也如同在自家後院般自在。他們隨著花姨進入辦公室，就見到其他成員們坐在裡面泡茶聊天。花姨向嗑瓜子的眾人提起了小琪和阿通的疑問。

「我覺得辦桌廢除也沒什麼不好的呀！」老謝邊泡茶邊說，他最講究品茗，辦公室的茶經常由他提供。

「對呀！每年都要花一筆不少的經費呢！」胖爸吃著他帶來的滷味附和著。

「沒錯沒錯，這些都是有去無回的投資呢！」賈媽也說，辦公室的手工布製椅墊都出自她的巧手。

「而且現在辦桌廢除了，和生意也沒有相關呀！」

「我覺得廢除了反而不錯咧！這樣以後就不會老是提心吊膽，還要擔心被衛生局盯上了。」

「對呀！每年辦桌他們都會特別來檢查，真的很麻煩耶！」

「可是外公說，這是傳統啊！」小琪試圖舉出辦桌的用處。

「傳統也有分好的和不好的，我覺得小琪妳呀！乖乖唸書就好了，葛叔也會很放心的，不要管大人的事啦！還有阿通你也是！」老謝對著兩個小孩說道。

果然以老謝為首，胖爸和賈媽等夜市的商家攤販們，都覺得廢除辦桌和表演是件好主意，省錢又省事。

「阿通你呀！怎麼還有閒工夫閒晃？考試都準備好了？」老謝開始對著阿通說教。

「喔！」只見阿通冷淡的回應著，連反駁都不嘗試了。

「唉！那你們今天先回家休息吧！」花姨打著圓場說。

兩個小孩被隨意的打發了，他們失落的離開了自治會。了解理想與現實間差距的兩人，卻也不想就這麼喪志的回家，兩人在夜市閒晃著。夜市如往常般，沿路擺滿了繽紛的商品、香味四溢的各式小吃，兩人無精打采的走著，連經過狂冒白煙的燒烤攤也忘了閃躲，任隨自己迷失在濃煙與閃爍的招牌中，直到熟識的攤販們吸引了他們的注意為止。

「阿通！小琪！」金魚攤的大眼哥叫住了意志消沉的兩人。

「大眼哥……」

「你們來得正好，幫我顧一下店，我要去廁所啦！」

「喔……」

於是他們充當起熟悉的小老闆工作，幫大眼哥看顧生意良好的攤子，忙碌的生意讓他們幾乎忘記了消沉，開心的幫認真撈金魚的小客人們加油打氣，甚至還擅作主張偷送了幾條給空手而歸的小朋友。直到大眼哥回來了，還帶了兩串新疆烤肉串給他們做為謝禮。

拿著烤肉串向大眼哥告別後，他們沿途啃著灑上孜然粉，飄散著異國風味的羊肉串經過轉角時，又被賣棉花糖的阿糖叔給招了過去。阿糖叔的攤車上綁滿了色彩鮮豔的棉花糖，有粉紅色、藍色、綠色、紫色和黃色，當然也有最經典的白色，一團團棉花糖像是低空飛在地面的雲朵，刺激著路人們繽紛的想像與味蕾。

「阿通！小琪！」阿糖叔彷彿看到救星般說：「幫我個忙！福伯的店在做活動，他跟我訂了三十枝棉花糖，可是我沒空拿過去，你們如果要往那邊走，就幫我帶過去吧！我送你們一人一枝棉花糖！」阿糖叔豪邁的建議著。

「好！」阿通和小琪異口同聲說好，從小在夜市長大的他們，最讓學校同學眼紅的就是這些福利了，跑跑腿、看看店，他們就有玩不完的遊戲和點心，而且隨時享用。

充當完棉花糖送貨員，小琪再次體會到古島夜市的活力與親切，他們兩人玩得不亦樂乎，輕易就將先前的失意拋到了九霄雲外。一直到接近深夜，大部分的商家都準備打烊，清洗收拾著店面和廚具，攤販們也在路邊裝卸商品為止。

當兩人經過葛叔平時擺攤的位置時，小琪呆呆的站在那發愣，先前遊玩的興致已蕩然無存，只有種空蕩蕩的感覺揪著她的心，和葛叔空蕩蕩的攤位一樣。她想著自己上次

幫忙外公看攤位的情景，那時的外公還充滿活力，再三提醒她要趕緊練習，好在辦桌上表演。小琪難過的站著，察覺到她的惆悵情緒，阿通趕緊拉著她來到了土地公廟的廣場前，在路燈的照耀下，兩人坐在廣場前的樹下分食著沿路得到的點心。

「果然，我什麼都做不到，怎麼可能真的恢復辦桌和表演……」小琪沮喪的說。

「小琪……」

「根本沒有辦法吧……」

看著失落的小琪，阿通思量著怎麼為她打氣，終於，他吞下了最後一口棉花糖，下定決心要將自己煩惱和小琪分享。

「欸！妳還記得剛剛我爸問我，考試準備的怎麼樣了嗎？」

「對呀！可是現在離期中考還有一段時間，還是你要參加鋼琴比賽？」

「鋼琴比賽暫時不會參加了，他問的是英文能力測驗。」

「英文能力測驗？」

「這個學期結束，我爸說要送我到美國唸書。」

「欸？」小琪瞪大了眼睛，驚訝的看著阿通，她從來沒聽說過這個消息。

「說先去適應環境，之後再轉到音樂學院……」阿通無精打采的說著。

「好厲害喔！你要當留學生了耶！」小琪露出佩服的表情。

「還好啦！沒有想像中困難……」

聽到這個消息的小琪羨慕阿通有機會到國外生活，但又傷心著以後要和好友見面，恐怕會很困難，而且到時候自己有煩惱時，還能向誰傾訴呢？而阿通的心情也很複雜，雖然小琪露出羨慕的表情，但他想要的未來卻不是會被人稱羨的那個。兩人的心情就像在同個烤爐上的串燒，雖然同出一爐卻毫不相干，甚至連熟度都不一樣。

「只是，」阿通決定一鼓作氣說出從未向任何人表白的夢想：「我真正想當的是廚師！」

「廚師？」小琪露出困惑的表情，不懂當廚師和留學有什麼關係。

「其實今天去輔導室也是為了這件事。」阿通繼續說：「我不想出國留學，我想留下來唸餐飲科。」

「餐飲科？」小琪更困惑了。

「不過我老爸那傢伙，自己當過廚師就不准別人當，開口閉口都是很累很辛苦之類

的話。我當然知道呀！但因為是自己想做的事，再累也值得，大人為什麼不懂呢？」阿通看著月亮透過樹葉縫隙，灑在地上的光芒說道。

「你知道嗎？我去查了辦桌的歷史，原來辦桌可以追溯到北宋時的『司局』耶！那是專門辦酒席的機關。如果真要追究臺灣的辦桌，聽說是源於大陸福建，清朝時候福建移民帶來的文化……」

「阿通！你好厲害，好像老師在上課喔！」聽著阿通的說明，小琪佩服的說。

「哼哼！崇拜我吧！」沒想到自己因為興趣而收集的資料能被讚賞，阿通露出得意的表情。他乾脆站起來，彷彿真的是老師上課般，雙手插腰對著小琪繼續說：「以管理學的角度來看呢！辦桌就是一般所稱的外燴啦！就是指專門承攬宴席包辦的餐飲業者，由廚師到客戶指定的活動地點備餐，並安排完整宴席服務，因為時間、地點、人員都不固定，所以這可是一項專業技能呢！」

阿通繼續興奮的分享著，說到自己喜歡的部分，臉頰就變得紅通通的。「看到這些知識都會讓我熱血沸騰啊！那時候，我就決定一定要當上辦桌的總鋪師，成為全台灣，不，全世界最知名的辦桌總鋪師！」

「全世界！」小琪驚訝的張著嘴，沒想到童年好友的夢想如此遠大。

「欸……那個，總鋪師是什麼？」小琪不好意思的打斷阿通。

「就是負責總管辦桌的廚師啦！」

「跟妳說喔！辦桌的種類有天子宴、齋醮宴、普渡宴、新居宴、結婚宴、歸寧宴、滿月宴、生日宴、祈福宴、尾牙宴、闔家宴……」阿通如數家珍，也不管小琪聽得頭昏眼花的。

「……不同的宴會有不同的菜色，要想學會這些，就得要從現在開始學，等到大學畢業就太慢了。如果想當總鋪師，這些就都要學會！」

「這些通通都是辦桌呀？」小琪驚訝的問，她連一個都沒辦法記住，阿通卻能倒背如流。

「因為人的一生都在辦桌中度過呀！比如說，我們的古島夜市辦桌就是祈福宴的一種，它的特色是直接將祭拜過的雞、魚、豬肉、三牲等拿來料理。」阿通嘆了口氣，頹喪的坐回小琪身邊說：「可惜現在很多地方都餐廳化了，很難有像我們這邊一樣，真的是在戶外搭個廚房區做菜。而且現在要經過申請才能使用廣場，辦桌就是要在路邊啊！

然後想來吃的人就來吃，一點都不用邀請函之類的，反正大家都是街坊鄰居嘛……」

「阿通，聽你這樣一說，真的耶！每次辦桌吃飯都好開心喔！難得能和這麼多認識的鄰居一起吃飯，雖然有些人是不認識的，可是吃過飯之後，就也都認識了，的確很親切呢！」小琪回想著。

「沒錯吧！所以我想要延續辦桌的傳統，妳想想看，現在在北部哪裡還能看的到規模這麼大的辦桌了呀？大家都去餐廳吃飯了。」阿通露出洩氣的表情，但又馬上打起精神說：「而且，古島辦桌的總舖師是要經過徵選的，所有想爭取這個位置的師傅們，都必須要先通過試吃比賽，這可是莫大的榮譽！所以為了有一天我也能成為古島辦桌的總舖師，我一定幫妳想辦法，我們一起來恢復辦桌和表演！」

「太好了，原來這也是阿通的夢想，那我們一起加油吧！」小琪開心的說。

兩人開心的相視而笑，但小琪突然想到阿通的另一個身分，擔憂的問：「阿通，那鋼琴呢？難得你是全國冠軍耶……」

「我也喜歡彈鋼琴啊！只是不想當成工作就是了。」阿通瀟灑的說。

「阿通，你好清楚自己想做的事喔！」

「也還好啦！其實我聽到妳說想要幫葛叔做些什麼的時候，我覺得很開心，因為妳一直都很被動嘛！」

「被動……」小琪苦笑著。

「不管叫妳做什麼妳都會說好，也沒有自己的意見。」

聽到阿通這麼直接的評語，讓小琪笑得更僵硬，不知該做何表示。

「我和亮亮都很確定自己想要做的事了，接下來就是排除一切萬難，包括頑固老爹和刻板印像，持續朝目標前進！」阿通充滿活力的說著：「那妳呢？小琪？妳的目標是什麼？就算是為了恢復辦桌，也是為了讓葛叔開心吧！那妳自己呢？」

聽到阿通的問題，小琪猶豫許久才決定開口說：「我……」

不等小琪說完，沒耐性的阿通已經跑到了廣場中央，享受著夏日晚風的涼爽。

「欸！還記得嗎？以前我們經常來這邊玩。」

「對呀！我們以前還被同學羨慕，說住夜市裡面好像每天都在開廟會的感覺呢！」

「對呀！那個時候，我們還被叫做夜市小孩呢！」

「為了每天都能開廟會，我們一起想辦法吧！」

「好！」

他們一直聊到廣場上只剩下他們兩人，才依依不捨的互道晚安，各自回家。

和阿通分別後，小琪走在回家的路上，她抬頭看到天上的月亮隱藏在雲朵中，模模糊糊的透出光輝。今晚聽了阿通的夢想，她才發覺原來好友們都已經確定了目標，只有自己懵懵懂懂，有種落寞的感覺。而亮亮也問了自己類似的話，和已經有目標的好友們相比，自己真的不清楚想要做什麼，只是希望大家都能開心就好了……這樣也算是個目標嗎？小琪困惑的想著。

05. 文化考核

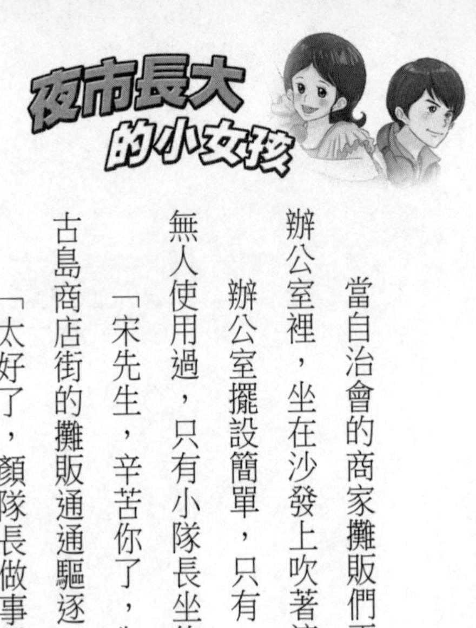

當自治會的商家攤販們正為減輕每年開銷而開心時，警察小隊長和宋先生在民代的辦公室裡，坐在沙發上吹著涼快的冷氣驅走夏日的炎熱，邊喝茶邊愉快的聊著天。

辦公室擺設簡單，只有一套辦公桌椅和一套沙發椅。淺綠色的單色沙發嶄新到彷彿無人使用過，只有小隊長坐的位置凹陷了下去而已，彷彿在努力強調自己存在般。

「宋先生，辛苦你了，為了社區的安寧東奔西跑。」小隊長說：「我一定會盡力將古島商店街的攤販通通驅逐，還給社區居民一個安寧的空間。」

「太好了，顏隊長做事果然夠魄力！交給你我就放心了。」

「沒問題，這也是我嚮往許久的任務。」顏隊長站了起來，和宋先生握了握手，方正的臉上帶著油膩的笑容：「那我先走了。」

「好，那就萬事拜託了。」

目送顏隊長走出辦公室，宋先生回到放滿檔案與公文的辦公桌前，偌大的辦公桌一角，擺著一個與周遭裝潢格格不入的相框，裡面有張小女孩的照片，女孩粉嫩的臉洋溢著幸福微笑。

「安安，爸爸會加油的，一定會為妳帶來健全的社區環境。」宋先生對著照片裡的

女孩說著。

就這樣，顏小隊長帶領著優秀的警察小隊，在古島夜市展開了一連串的行動。而再過幾天，夜市自治會的成員們將籠罩在陰鬱的情緒中，歡樂的太平日子也只剩幾天了。

古島夜市是常見的商圈形式，由商店街的店家加上攤販組成。而自治會的成員則是兩者皆有。

剛開始，巡警們先是開攤販們最普通的罰單，違反道路公用路權。原本這樣的罰單司空見慣，巡警一個月會開個幾張給上級做交代，提醒攤販們要保留用路空間，也提醒某些將攤子擺到馬路上的商家。

但辦桌與表演被迫結束後，警察卻開始了前所未見的大量取締，甚至連有店面的商家也不能將花車商品擺至騎樓。顏小隊長帶著優秀的警察隊員們，日以繼夜勤奮的開著罰單，再也受不了罰單轟炸的夜市攤販們終於向自治會反映，希望能獲得協商的空間維持生計。於是，在如往常般舒服的自治會辦公室舉行了會議，一樣的臉龐，卻有著不一樣的表情，充滿了焦慮與憂愁。

「花姨，妳說現在怎麼辦？警察幾乎每天來開單……」胖爸愁眉苦臉的說道。滷味攤目前陷入停擺狀態，他只好將大批滷味貢獻給自治會，只見桌上擺滿了各式滷味。

「我們也是，完全沒辦法做生意啊！」賈媽邊生氣邊快速的勾著毛線，無法擺攤的她實在太閒了，還必須擔心生計，只好寄情於手工藝抒發壓力。

「古島夜市擺攤已經是歷史悠久的傳統，為什麼現在卻大動作的取締呀？」

「對呀！為什麼？」

「太不講理了！」

「如果沒有那個民代的話，說不定就不會這樣了！可惡！」

「對呀！我聽警察說是那個民代施加的壓力，不然都幾年的老友了，他們也不想開單呀……」攤販與商家們七嘴八舌的互吐著苦水。

「大家先稍安勿躁，自治會會盡量為各位爭取權益。」花姨盡力維持著會議秩序。

「花姨，妳說得簡單，妳有店面根本不愁被取締，我們擺攤的不一樣啊……」撈金魚攤的大眼哥哭喪的說。

面對大家的焦慮，身為自治會長的花姨雖然很想為會員們發聲，但目前也只能先安

撫大家的情緒。

「好，我會盡快想辦法去連絡溝通的。」

「花姨，那就拜託妳了。」

「拜託妳了！」

散會後，看著紛紛離去，垂頭喪氣的眾人，花姨默默嘆了口氣，自言自語說：「怎麼在這種時候出了狀況……這叫我怎麼安心卸任？」

知道了夜市被頻繁開單的狀況後，小琪決定找阿通一起收集資料，看看他們能幫上什麼忙。對於這個提議，阿通感到很興奮，他們約好一起到學校圖書館逛逛，尋找有用的資料。

等到約定的午休時分，阿通正在禮堂為學校的合唱團練習做伴奏，在台下等他的小琪注意到，附近經過的學生都會不自覺的停下腳步聆聽，阿通的鋼琴演奏有種魔力能讓整個空間變得寧靜安詳。這麼有音樂才華的人卻夢想從事完全不一樣的工作，如果被仰慕鋼琴王子的女生知道的話，阿通的人氣大概會瞬間下跌吧！小琪心想。

終於結束了練習，小琪趕緊上前提醒阿通，免得他又被圍觀的人要求彈奏安可曲。

「阿通，現在可以去圖書館了嗎？」

「好哇！快點走吧！不然等等又上課了。」

他們來到圖書館準備尋寶，卻被密密麻麻的書籍所困惑，傻傻的盯著書架看。

「這樣好像大海撈針，到底要找到什麼時候呀？」除了彈鋼琴的天份和對料理的熱忱，阿通的成績平凡得驚人，任何印在紙上的文字都會讓他大傷腦筋。

「啊！煩死了！我們直接去問老師好了。」阿通沒耐性的下了決定。

小琪只好跟著阿通離開圖書館，他們找到公民老師時，老師正在辦公室批改考卷，午休時間的辦公室非常安靜，連平時嚴厲的數學老師也靠著小抱枕香甜的午睡著，只有吊扇勤奮的持續轉動的聲響。

「老師，我們可以問妳問題嗎？」小琪壓低音量說道。

「好，要問什麼？」老師沒有停下改考卷的動作。

「為什麼有的夜市可以光明正大的擺攤，有的卻要躲警察呀？」

「因為是觀光夜市吧！」老師頭也不抬，俐落的用紅筆在考卷上寫著評語。

「什麼是觀光夜市啊？」小琪鍥而不捨的問。

老師終於放下決定著學生命運，彷彿是判官的紅筆，認真回答起問題了。

「就是有觀光價值的夜市。台灣的夜市歷史很悠久喔！因此發展出了各種形式和規模，但只有政府輔導的觀光夜市，才會持續被經營下去喔！」

「所以如果是觀光夜市，就不用擔心被取締了喔？」

「簡單來說是這樣啦！」老師又開始批改起考卷，表示話題已經結束了。

「那老師要怎要才能成為觀光夜市？」

「要申請和通過考核吧！有不同的規定在，各種情況都有。」又一張考卷和學生的分數被終結了。

「總之，想要成為觀光夜市，就要有觀光的元素在。」

「觀光的元素？」

「比如說，饒河街夜市為什麼是觀光夜市？」

「因為歷史悠久？」

「對一半，因為有歷史悠久的古廟，加上自治會透過各種管道努力申請。」

「喔喔！所以古島夜市也有機會成為觀光夜市囉？」

「應該可以！古島夜市歷史也很悠久嘛！不過商區和居民的福祉總是互相衝突著，這方面一向很難……」

「謝謝老師！」

阿通和小琪不等老師說完，很有默契的留下繼續午休的數學老師，以及埋頭批改學生分數的公民老師，迅速離開了辦公室。接下來只要收集能讓古島夜市成為觀光夜市的條件或許就能成功了，他們滿懷希望的想著。

又到了自治會聚會時刻，雖然花姨已經做了許多嘗試，得到的結果依舊讓她很難面對夜市的攤販們，擠在自治會的人們，一個個都是熟悉的臉孔，通通是她的街坊鄰居，實在讓她難以開口說出即將要宣布的消息。

「我和宋先生談過了。」長痛不如短痛，花姨決定開門見山宣布結果。

「那傢伙說什麼？」大家緊張的問著。

「聽說是因為古島社區的居民向他反映，要求他協助廢除古島夜市的。」

「太可惡了！民代有什麼了不起嘛？」胖爸憤慨的說，他因為吃掉賣剩的滷味，腰圍又大了一圈。

「什麼意思啊？」賈媽趕緊追問詳情。

「對啊！花姨？夜市不是和社區相處很好嗎？」大家露出困惑的表情。

「社區居民認為夜市帶來噪音、髒亂的環境和複雜的出入份子。」花姨沮喪的說。

「可是，吃東西很方便啊！」

「因此產生了很多蟑螂、油煙……」

「逛街買東西方便……」胖爸鍥而不捨的提到。

「攤販清除了，商店街還是會在……」

「怎麼這樣，那我們以後該怎麼辦？」大眼哥驚慌的問著，難道他以後真的必須改到較遠的其他夜市擺攤了嗎？

看到會議又呈現混亂狀態，小琪和阿通決定要提出他們收集到的資訊。

「……我覺得……」但小琪的聲音和蚊子差不多，瞬間被哀嚎聲淹沒。

「小琪，再講一次，大聲一點！」阿通在旁邊鼓勵著。

「我有問過老師……」小琪低著頭小聲的講著，也不管有沒有人在聽。

「……好像可以申請觀光夜市……」終於結束了，小琪嘆了一口氣，光是開口講話就已經花了她很大的決心和勇氣，她覺得自己總算敢在眾人面前開口了，小琪滿足的笑著。

阿通在一旁無言的看著小琪，順便翻了一個白眼。

「我們可以申請觀光夜市！」阿通對著台上的花姨大聲喊道。

但是現場秩序依舊凌亂不堪，每個人都自顧自的抱怨著，阿通的吶喊也淹沒在人群中。

「安靜一下！」花姨發揮自治會長的威嚴讓辦公室瞬間鴉雀無聲。

「我剛剛好像聽到觀光夜市？誰提議的？」

眾人面面相覷的搖著頭，一隻瘦弱的手在人群中舉了起來，大家趕緊騰出空間，看看是誰的提議，只見阿通高舉小琪的手站在眾人中間。

「小琪？」

「嗯……」依舊是跟蚊子一樣的聲音。

05 文化考核

「妳剛剛有說觀光夜市嗎？」

「有，我和阿通問過老師了，聽老師說如果能轉型成觀光夜市，就不用擔心被取締了。」

「對耶！」眾人紛紛附和著。

「這樣民代也不能拿我們怎麼樣了！」

「可是，轉型觀光夜市哪那麼簡單。」老謝發出不以為然的意見。

「對呀！我們又不像士林夜市或饒河街夜市，這邊只是在古島商店街裡的小夜市，根本不出名，也沒有遊客特別會來這邊買東西啊？」賈媽編織著顏色怪異的玩偶，焦慮的說。

「我們有辦桌和表演呀！」阿通說。

「辦桌和表演？」

「我和小琪查過資料了，北部只有古島夜市有辦桌回饋和行業故事的傳統呢！所以辦桌對傳承傳統是很有價值的活動！」

「我們可以申請辦桌的……嗯……考核，發展成只有古島夜市才有的……嗯……文

化資產……」小琪害羞的說。

「聽起來是滿有道理的啦!可是辦桌已經被停辦了呀!」

「所以才要申請考核呀!」

「好!這部份我來想辦法。」花姨積極的說。

「花姨!」

「聽起來是目前唯一的辦法了,交給我吧!我一定會想辦法幫夜市爭取到考核的機會!」

「花姨!」夜市眾人開心的歡呼著。

「太好了,小琪!」阿通開心的對小琪說。

「嗯!我們一起去跟外公說吧!」

離開了自治會的兩人,與上次相比,感覺連腳步都輕盈了許多,他們開心的到了醫院,卻見到葛叔愁眉苦臉的望著窗外發呆。

「外公!」

「葛叔！」

「是小琪和阿通呀！」

「外公，你怎麼了？看起來很煩惱的樣子？」

「唉……其實呀！小琪，今天檢查報告出來了，醫生說，我要動一個小手術。」葛叔憂鬱的說。

「動手術？」小琪驚訝的問道。

「要在胸腔打幾個洞做心導管手術，如果手術有效，就不用真的開心了。」葛叔嘆了口氣繼續說：「醫生說，我的年紀那麼大了，大手術的風險大，如果有辦法只做簡單的手術，當然還是先做……」

「外公……」

「放心，風險很小的，只是我也有點緊張就是了……」

雖然葛叔這麼說，但小琪卻感到很擔憂，為了讓外公開心，小琪趕緊向外公報告準備重開辦桌的好消息。

「外公，花姨說有可能會重開辦桌和表演耶！」

「真的嗎？」葛叔驚喜的問。

「嗯！為了將古島夜市轉型成觀光夜市！」感染到葛叔的興奮，小琪也開心的說。

「因為辦桌和表演是古島夜市的特色，所以花姨要想辦法申請辦桌考核呢！」阿通也熱烈的補充著。

「真的有可能嗎？」葛叔激動的問。

「嗯！花姨說交給她！」

「花姨說交給她什麼？」

突然出現的聲音讓他們都嚇

了一跳，一回頭，原來是亮亮揹著吉他站在後面，她用一貫神祕的方式現身，聲音一向比人先到。

自從上次亮亮在公園突然離去後，小琪到現在還沒和她講上話，所以看到亮亮，小琪已經忘了亮亮說不打算和她講話的事。

「亮亮！我們在說辦桌的事啦！」

「亮亮，今天在自治會開會討論夜市轉型的事情。」

「所以我媽就說交給她辦嗎？」

「對呀！花姨說她會想辦法，這樣就有機會讓辦桌和夜市都一起復活了！」阿通和小琪兩人默契十足，一搭一唱轉述著會議的結果。

「辦桌重開？」

「對呀！亮亮，真的太好了。」葛叔感動的眼眶濕潤。

「老師，太好了。」為了不掃葛叔的興致，亮亮也跟著真誠的道賀著。

直到會客時間結束，他們三人才又依依不捨的離開病房踏上回家的路。

目送著三人的背影離開後，葛叔感到很欣慰，不知有多久不曾見過他們並肩的背影了。回想起小琪孤單的成長歷程，還好一直都有青梅竹馬的好友陪伴在身邊。

葛叔發現，亮亮似乎長得高了一些，至於阿通，或許是男生發育的比較晚，只和亮亮一樣高而已，而小琪，從小到大就是個子最小，也比同年齡的孩子來得晚熟。葛叔心想，小琪能平安長大是最重要的，感謝老天爺送給了他這麼一個好外孫，否則他真的就是孤家寡人了，這樣一想，他也就沒那麼擔心開刀的狀況了。

走在回家路上的三人，並未像童年那樣無話不談，尤其是不發一語的亮亮，阿通和小琪都感覺得到，亮亮似乎有什麼心事，卻不願與他們分享。懷著各自的心事，三人的目光全無交集。以前只要下課了，他們就會一起到公園裡玩耍，若是有不開心的事，三個人也會一起在公園裡訴說。

他們是最要好的三人小組，不管做什麼都在一起，那時候，阿通也還跟他們一起學音樂，雖然很快就被家裡轉到高級音樂教室去了。直到經過了公園的遊樂區，阿通才驚喜的打破沉默。

「啊！溜滑梯，我們以前最喜歡在那上面玩遊戲了。」

「對耶！而且阿通都能溜得最快！有一次還把褲子溜掉了！」

「那真的超糗的！不要說了啦！」阿通紅著臉抗議。

小琪試圖和阿通兩人開心的回憶著小時候的糗事，不讓擔憂外公的心情影響了和朋友相處的時光，而一旁的亮亮依舊沉默不語。小琪這才回想起上次兩人走在同樣的路上時，亮亮曾對她說，除非想起約定，否則不會再跟她說話，雖然先前在病房裡，亮亮還是開心的跟大家一起交談著，只是明顯不太搭理小琪，小琪決定鼓起勇氣，主動找亮亮聊天。

「亮亮，最近在樂團還好嗎？」

「嗯！普通。」亮亮語氣冷淡。

「妳心情不好呀？」小琪小心翼翼的問著。

「還好。」

聽這語氣肯定沒有很好。

「聽說你們去找老師問了很多關於觀光夜市事情？」

「妳怎麼會知道？」

「老師上課的時候說的，說她很高興有學生會主動問問題，要我們也向二班的學生看齊，把學習的東西帶到生活上學以致用。」雖然亮亮和他們兩人不同班，但公民老師卻是同一個。

「你們的『積極向學』都傳到我們班來了。」亮亮用挖苦的語氣說。

「喔……」

「妳想起約定了沒有？」

「欸……」

「看來是沒有。」

亮亮露出的冷漠讓小琪很難過，她完全不知道自己到底哪裡得罪了亮亮。

「什麼約定啊？」阿通完全跟不上兩個女生的對話。

「看來阿通也忘記了，但看在你很努力的份上，我可以原諒你。」

「什麼啊？我幹嘛要被妳原諒啊？」阿通都被搞迷糊了。

「小琪，看來妳很熱衷辦桌嘛！」

「沒有啦！我只是想幫外公做一點事而已。」小琪不好意思的說。

「其實妳是吃飽太閒吧？自己的事都沒想好，就想要幫別人做事。」

「妳幹嘛口氣那麼不好啊？小琪有得罪妳嗎？葛叔的事本來也是她的事，她為葛叔做事有什麼不對？妳知不知道，葛叔最近要動手術了耶！拜託妳不要只想到自己，也關心一下別人吧！」雖然不知道亮亮怎麼了，但她諷刺的語氣讓阿通特別想幫小琪說話。

「老師要動手術？什麼意思？」亮亮擔心的問。

「亮亮……醫生說，外公要先開個小手術，看看狀況，如果狀況良好，就不用動大手術了。」

亮亮聞言才放心了許多。

「放心吧！手術一定會成功的。」亮亮用安慰的語氣說著。

「妳又不是神，妳怎麼會知道？」阿通諷刺的說。

「我是不知道啦！但我希望手術成功呀！」亮亮說完就轉身跑開，也不給兩人回應的機會，留下阿通和小琪，呆呆的看著她的背影。

「什麼東西啊！她以為她是誰啊？莫名其妙。」阿通不悅的說。

「阿通，我們回家吧！」被亮亮奚落了一頓後，小琪顯得很難過，原本想趁機和好

的希望也破滅了，為什麼大家長大了之後，都變得和小時候不一樣了呢？而外公的手術又讓她很擔心，她卻什麼也不能做，只能無精打采的和阿通一起走回家。

在為辦桌考核的事情奔波了一整天，花姨回到家時，亮亮已經到家了，正在和看店的工讀生一起收東西，花姨馬上加入了關店的例行工作。

「亮亮，今天葛叔還好嗎？」將花盆搬起放進店內後，花姨問道。

「嗯！滿好的樣子，不過好像決定要開刀……」

「開刀？」

「聽說只是小手術啦！」

「都要開刀了，怎麼會是小手術呢？」花姨擔心的說。

「還說別人呢！那妳呢？」亮亮憂慮的說：「都只剩半年了，妳怎麼還盡找些麻煩事給自己？」

「就是因為只剩半年了，我才很想要做些什麼留給古島夜市嘛！」

「可是妳的身體比較重要啊……」

「但是我還在任內，當然不能推卸責任啊！」

「可是……妳忙得過來嗎？」

「可以啦！」

「別逞強喔！」

「好。」

「如果感覺到累，一定要快點休息。」亮亮再次提醒。

「好好。」花姨說。

母女倆關好店，她們站在店內環顧著陪伴多年的熟悉景物，心裡有著許多的不捨。

當花姨被檢查出癌症初期時，震驚的她們一起商量了與病魔對抗的方法，最後，雖然深愛著古島夜市，但為了專心養病，她們決定收起店面搬回南部老家。

「亮亮，妳有跟小琪說了嗎？我們要搬家的事？」

「還沒……」

「……我了解妳一時說不出口，也好，是還有時間啦……妳要好好把握時間和大家相處啊！不是每個人都有青梅竹馬的。」花姨關懷的對亮亮說，她一直很安慰，是亮亮主動提議要搬回南部鄉下養病的，她並沒有為了樂團而堅持待在北部。

「我知道……」

連亮亮自己都對自己的答案感到心虛……她回想起自己三番兩次責備小琪，只是因為擔心花姨的身體狀況就遷怒和奚落小琪，隨便拿過去的約定來發洩壓力。但她心想，也就是因為沒有多少時間了，才希望能和小琪回味童年，可惜好友還是一樣遲鈍……聽了花姨的提醒，她決定別管什麼童年約定了，還是好好把握和好友相處的剩下時間來得實在。

06. 祕密基地
古島觀光夜

在花姨的各方奔走以及小琪與阿通的資訊收集下，順利為古島辦桌爭取到文化考核的機會，只要通過考核，夜市就能轉型為觀光夜市，並且接受政府機關的輔導與支持。當花姨向自治會宣布這難得的好消息後，自治會辦公室終於一掃多日的低迷，出現了歡欣鼓舞的氣氛。

小琪環視著自治會辦公室內，除了還在住院的葛叔外，自治會大部分的成員都到齊了，但不知為何，阿通和老謝這對父子卻各據一方，對彼此視而不見。

「到時會有政府的委員來審查評分，請各位拿出百分之兩百的熱誠來迎接他們！」花姨對著燃起希望的眾人精神吶喊。

「但是，我們真的有辦法通過嗎？」

「那個民代該不會又從中作梗吧？」賈媽這次編織著看似像貓，又像長頸鹿的奇異玩偶。

「放心吧！我們的辦桌就是主打傳統的傳承和道地風味，這在其他地區已經很難看得到了，尤其是北部的夜市，加上我們古島的辦桌表演是很有保留價值的，如果我們不做了，這項傳統就會消失，我們只要好好呈現最原始的樣貌就行了！」花姨的臉閃耀著自信的光芒，充滿把握的說著。

「可是現在只有葛叔有在講故事了，葛叔住院，我們哪有傳統的東西給人看啊？」

胖爸擔憂的說著，他的腰圍一直減不下來。

「我說啊！還是請正妹來熱舞啦！給長官清涼一下，他們看了喜歡，自然會讓我們通過啦！」老謝對歌舞團依舊念念不忘。

「老謝啊！你忘了我們就是因為『風化辦桌』的臭名，所以才被停辦的喔？」

「對喔！」老謝不好意思的笑著說道。

「現在最要緊的就是想辦法安排出最有傳統味道的辦桌來。」

「葛叔住院……」

眾人腦力激盪想了又想，卻想不出什麼好辦法，突然胖爸靈機一動說：「有了！」

「有了什麼？」

「可以叫小琪上台唱啊！」

「對耶！現在會說唱的小孩真的很少了，而且她又是葛叔親傳。」

「也是啦！亮亮唱的是流行樂，像以前一樣請她表演，說不定會有反效果，還是請

小琪好了！」

「小琪，拜託了，為了古島夜市，妳一定要上台！」

「拜託妳了，小琪！」

其他人紛紛附和著，誰也沒注意到小琪微弱的意見和慘白的臉色。

花姨在筆記上紀錄後，繼續詢問：「好，除了小琪，那其他的節目呢?現在還有誰會說故事的?」

「胖爸和賈媽可以吧?」

「練練應該可以，不過不保證效果喔！」胖爸勉強的說。

「我也要上台，我可以準備傳統音樂和現代樂曲的融合，是自創曲目喔！」阿通充滿自信的說。

「不愧是阿通，這樣我們也可以讓『辦桌』成為社區居民發表的舞台，也是個加分的選項。這次的狀況就是因為夜市和居民沒有達成共識而引起的，若是夜市和居民能和諧共處，事情一定會順利許多。」花姨讚賞的說。

「阿通不准上台！」在辦公室那頭的老謝突然生氣的對著阿通吼道。

「老謝，你在說什麼啊？」花姨疑惑的問道。

「阿通，學校老師打電話給我了，這兩天都被你躲過了，現在沒有交代好學校的事情，我不准你上台表演！你的學費可都是老子出的耶！」老謝生氣的說，也不管現場還有許多人在，就大聲責備著阿通。

阿通臉色難看，雖然明知道學校會打電話回家，但當事情被家裡知道時，他還是不知該如何應對。

花姨趕緊打著圓場。

「那這件事再看看吧！我會再貼公告詢問自願上台者。我們一起再辦場熱鬧的辦桌吧！」

「喔！」眾人興致高昂的回應著，除了阿通和小琪難掩不安的情緒，老謝也是一臉不悅的表情。

結束了重要的會議，小琪和阿通像往常一起走在回家的路上，路上的景象和幾個星期前相比，有了很大的不同，以往熱鬧的氣氛不再，街道兩旁顯得很乾淨，沒有攤販擺

攤，沒有逛街的人群，商圈顯得空蕩蕩的，只有不時出現的巡警經過，他們彷彿不是走在曾經熟悉的街道上。

兩人懷著各自的心事，若有所思的並肩走著。

「不可能的，我絕對不可能上台的……」小琪終於打破沉默對阿通說。

「為什麼？」阿通無精打采的回應著，他還沉浸在自己的煩惱中。

「因為我……」小琪欲言又止。

「怎樣？」

「我……我會怯場啊！每次在別人面前演唱，我都覺得很恐怖，好像大家隨時都會嘲笑我一樣……」

「為什麼覺得大家會嘲笑妳？」聽到小琪的回答，阿通開始感興趣起來。

「阿通……說了你不要笑喔……」小琪猶豫的說道。

「好，我不笑。」

「小學有一次上音樂課時，我表演了外公教的說唱，結果……被全班同學嘲笑……大家都說我好俗，從此以後……每次要在大家面前唱歌……我都覺得好困難……」小琪邊回想邊說：「每次上台，同學們的笑臉都會浮現在我的腦海裡……」

「原來發生過這樣的事啊……」阿通露出難得的正經表情說道：「小琪，無論是哪種音樂，都是最美好的藝術喔！沒有受歡迎和不受歡迎的分別啦！重要的是，如果這是妳喜歡做的事，就要相信自己啊！妳喜歡唱歌嗎？」

「喜歡……」

「那就對啦！而且妳學的是妳外公和媽媽最自豪的傳統說唱耶！所以妳也要挺起胸膛，將他們教給妳的音樂介紹給其他的人，讓別人也能體會這種音樂的優點呀！」

「我知道了……」小琪下定決心般露出堅強的表情，但一瞬間又被猶豫取代了。

「可是……如果我還是會怯場……該怎麼辦？」

「喔！怯場是難免的啦！一定會的。」阿通不以為然的說。

「欸？真的嗎？可是你們在台上看起來都很自在啊！」

「是真的呀！雖然我們看起來很自在，可是再怎麼習慣上台，有時還是會怯場啦！只要開始專心表演後，就不會想其他的事了。」

「專心表演？」

「嗯！專心表演。」阿通露出充滿自信的表情說：「當站在舞台上，將全部的注意力都擺在表演這件事情上面，就會感覺自己充滿了力量，感覺自己已經準備好要將最好的一面呈現出來，練習了這麼久，就為了那一刻，當下就會覺得超開心，也超專心的，很自然的就不會想到害羞、害怕啦之類的事了。」

「可是要怎麼做才能達到這種程度啊？」

「嗯！小琪練習的機會的確比較少。」阿通歪著頭想了一會說：「我知道了！我們來特訓吧！」

「特訓？」

「對，為了克服怯場的特訓。交給我吧！我來想辦法設計些模擬表演的練習，只要練習足夠了，上台絕對沒問題！」

「阿通……謝謝你！」小琪感激的說。

「別客氣！妳還要去醫院吧？」

「嗯！我想快點將辦桌考核的消息告訴外公！」

「葛叔聽了一定會很開心的！」

與阿通告別後，小琪終於趕在會客時間結束前到達醫院，她詳細的向外公訴說開會與辦桌考核的事。

「今天開會說這件事啊！」葛叔露出開心的表情，夜市的大小事他都很關心，沒能定期參加會議是他住院最惋惜的一件事。

葛叔住院後，就由小琪代替他去開會，並一五一十的報告給葛叔聽。

「真是太好了！小琪，這樣妳就能上台表演了！把我教妳的通通展現出來吧！」外公興奮的說道。

和葛叔的興奮相比，小琪卻一臉苦樣。

「可是外公……怎麼辦？」雖然阿通說要幫她，但小琪還是心煩不已。

「你也看到了，我在彩排的時候……根本發不出聲音……」

小琪的頭低低的不敢看外公，就怕外公的臉上會再出現和上次一樣失望的表情。

「如果妳想做的話，還是做的到的。」葛叔鼓勵著小琪，但小琪不為所動。

葛叔心疼的看著小琪，他嘆了口氣，開始說起自己剛轉行時的事情。

「還記得我剛決定要轉行的時候，心裡真的充滿了不安，除了說唱伴奏，我也不知道能做些什麼才好。」

「當時，我跟著經常合作的戲班來到古島，就看到市集上的捏麵師傅捏了許多三國的武將，有關老爺、曹操、張飛……各個栩栩如生，和戲台上的花臉一模一樣，很有親切感，我就決定拜師學藝了。」

難得聽到外公說起轉行的事，小琪一時忘了心煩，專注的聽著。

「記得那時候啊！我的師傅跟我說過捏麵人的由來，妳知道嗎？」

小琪搖搖頭。

「都怪我沒跟妳說過，還好還沒傳出去，不然讓人家知道，捏麵師傅的外孫女不知道捏麵人的由來，不就笑掉人家大牙了。」

看到小琪不好意思的笑笑，葛叔又繼續說：「在三國時代，孔明要渡江，偏偏碰到江水暴漲，所以他就叫廚子用米麵為皮，再包上黑牛和白馬肉，捏成牲禮的模樣祭拜江水，剎那間風平浪靜，萬里無雲，大軍因而得以順利過江了。所以捏麵人又稱為『江米人』。因此，我們這些捏麵師傅呀！就供奉孔明是捏麵人的祖師爺。」

「我那時候想呀！只是用麵粉加糯米粉，捏出生肖及卡通圖案，真的有搞頭嗎？但看到小孩子拿著我的捏麵人開心的模樣，我終於確定，自己的選擇是正確的。」

葛叔嘆了口氣繼續說：「後來我又研究出和傳統可食用的不一樣，可以永久保存的捏麵人，結果沒想到竟然有人邀請我去教學……」葛叔笑了起來。

「原來，真的只要想做，不管什麼事都可以做得好的，看有沒有心而已。」葛叔繼續接著說：「除了轉行的歷程很不安，同時又還要學帶小孩，那時候可辛苦了……」

葛叔看了看小琪說：「但古島就是個人情味重的地方，當時受到許多朋友的幫忙，大家都互相幫忙照顧過妳呢！」

「嗯！我聽花姨說過，小時候她還幫我換過尿布呢！」小琪回想著。

「小琪呀！妳是妳媽媽的女兒，妳有歌手血統，只要妳想做一定可以做得到的！妳要相信自己！」外公摸著小琪的頭，無限感慨的對她說著。

「外公，真的嗎？」小琪不安的看著葛叔。

「當然是真的，相信自己！」

葛叔對著小琪淘氣的眨眨眼，給了小琪許多鼓勵。

「我就只有妳這麼一個外孫女，妳一定能繼承我的衣缽，把傳統表演傳承下去！」

「嗯！」

就在此時，像先前一樣，亮亮毫無預警的揹著吉他走了進來。

「亮……」小琪反射性的打招呼，但喊到一半，卻又擔心亮亮還在氣頭上，但只見亮亮對小琪露出帥氣的微笑後，和葛叔開朗的打著招呼，他們一起度過了愉快的會客時光。

結束了會客後，小琪和亮亮兩人並肩走在回家的路上，柔和的路燈將兩個女孩的身影映照在身後，她們隨著人行道的彎道行走，影子緩緩交疊在一起。

「妳還記得我們小時候的事情嗎？」亮亮率先開口打破沉默。

「嗯！」小琪點了點頭，回想兩人的過去說：「我們都是遺腹子，也都只有一個親人。」

「那時候，聽說葛叔在社區辦了個音樂教室，為了讓我交到更多朋友，我媽把我送去那邊學唱歌。」

「我還記得，那時候妳看起來好像一個小男生，頭髮又短又酷。」回憶起小時候的亮亮，小琪不自覺的露出了微笑。

「對呀！然後妳又髒又小，總是全身沾滿麵粉。」亮亮取笑著。

「因為都黏著外公做捏麵人呀！」

「那時候妳是教室裡唱得最好，歌聲最響亮的學生。」亮亮直視著小琪。

「大家都這麼說，可是其實我只是很認真照著外公的話做而已。」

聽到小琪的話，亮亮沒有表示任何意見。

「而我就是在那時接觸了音樂後，自己才很清楚的知道，我就是喜歡音樂，未來也要走這條路，還好我媽一直很支持我，一點都不會說要先唸好書之類的話。」

「亮亮真的很厲害，學不到一年就轉到其他的音樂教室，又學了鋼琴和吉他呢！妳那時候就知道自己要做什麼了，哪像我還懵懵懂懂的，未來大概就是升學就業吧！」小琪崇拜的說著。

「妳知道學校老師來我家的事嗎？」

「嗯！聽說妳的導師到家裡做家庭訪問，勸花姨讓妳好好唸書，等到大學再去玩樂

團呢！」

「結果我媽竟然反過來要老師回家好好想想，當老師真的是她想做的事嗎？那時候呀！老師表情超尷尬的，好像她自己也從來沒想過這個問題一樣！」聽到這樣的回答，她們兩人笑成一團。

過了好一會兒，亮亮才收起笑臉，正經的說道：「我一直很感謝我媽願意這樣支持我。」

看著亮亮的側臉，小琪關心的問道：「亮亮，妳會考高中嗎？」

「會呀！雖然很想只玩音樂，但我媽也有分析給我聽，有能力多唸點書的話，未來能擴展的音樂道路會更寬。如果只是要求及格的話，我還有點把握啦！」

小琪回想起亮亮的學科成績的確都有中上程度，讓學校的老師們也沒有理由阻止亮亮參加樂團。

兩人說說笑笑，彷彿又回到了童年時無話不談的時光，她們走進了古島公園裡。

「還記得那個山丘嗎？我們以前常在那邊玩。」話匣子一開，看到熟悉的東西都可以拿來回憶一番，小琪指著公園中央的小山丘說道。

「當然啦！每次只要唱不好被罵了，妳都會跑到那邊躲起來偷偷哭，愛哭鬼。」亮亮扮了個鬼臉取笑小琪。

小琪不好意思的笑著說：「外公對我非常嚴格，我都好羨慕其他小孩可以出去玩，只有我要練得比其他人都久……」

「就是那時候，我們一起做了一個約定。」亮亮認真的看著小琪。

「約定……」小琪露出緊張的表情，害怕自己又要惹亮亮生氣了。

「就是我們和阿通一起做的……」看到小琪的表情，亮亮嘆了一口氣說：「唉！算了。」亮亮決定換個話題。

「我問妳，妳為什麼要答應上台表演？」

從小一起長大，亮亮知道小琪的個性並不喜歡上台，但為何在會議中小琪沒有拒絕自治會的要求呢？

而小琪知道自己的回答對亮亮而言很重要，成為專業歌手是亮亮畢生的夢想，只要和舞台有關的事，亮亮都會特別認真，而且亮亮的個性是一但決定做任何事，就一定會堅持下去。小琪也想像她的好友一樣，擁有明確的目標，為了未來而努力。

亮亮的問題讓小琪思考著自己到底為何而努力？終於，小琪下定決心，她深吸一口氣，認真回答了亮亮的問題。

「亮亮，妳知道我外公常說，我一定能像媽媽一樣成為出色的歌手，站在土地公面前演唱。」

「嗯！老師很常掛在嘴上，妳可是他自豪的外孫女呢！」

小琪露出堅定的微笑說：「嗯！雖然我不確定自己做不做得到，但現在我最重要的事就是讓外公開心，完成他的心願。」小琪頓了一會兒，露出落寞的表情說：「而且，我也想證明我是媽媽的女兒，繼承了她優秀的才能……」

「妳知道，我從來沒有見過她，有關於媽媽的一切都是聽外公說的，如果能確定自己有和她一樣的才能，我覺得自己好像能更接近她，更像是一家人。」

「而且，」小琪露出不好意思的表情說：「可能妳會覺得我很奇怪，可是我覺得如果自己能證明這件事，或許我就會知道找到自己真正想做的事……」

「原來如此。」亮亮露出放鬆的表情說：「我只要能確定妳知道自己的目標，也不會後悔答應上台表演就行了，其他約定什麼的都無所謂了。」

彷彿找回了過去的默契，兩個少女相視而笑。

「那妳不生我的氣了？」

「那是我自己在鬧彆扭而已，一來是因為相聚時間變少了，我覺得很有壓力……」亮亮顯得欲言又止。

「什麼意思呢？」

亮亮很想要現在就告訴小琪所有的事情，但卻又說不出口，她心裡想著，等到適當的時機，到時候她一定會說的，難得兩個人終於和好了，她想把握兩人相處的時光。

「沒什麼特別的啦！走，到我家去，我請妳吃自製鬆餅。」看到亮亮開朗的表情，小琪也放下心來，趕緊跟上亮亮的腳步，一起邁向回家的路。

開會隔天，小琪正在座位上準備下堂課的考試時，大胖和小賈來到小琪的座位旁。

「小琪，我們聽說妳要上台的事了。」大胖說。

「小琪，拜託妳了，聽說只要通過考核，就能爭取轉型成觀光夜市，以後就可以繼續擺攤做生意了！」小賈補充道。

「對呀！不然本來我爸都在考慮要不要搬回南部了呢！」

「真的，我媽現在在賣場工作，每天都要加班，超辛苦的！而且一直站著對她的腰也不好，如果可以繼續擺攤，那她就不用那麼辛苦，我也可以幫忙顧攤。拜託妳了，小琪！」

就在大胖和小賈的你一言我一句中，終於讓小琪了解原來他們是來為自己加油的。

「嗯！我知道了，雖然我可能做得不好，但我會盡力去做的。」

「我們也會盡力為妳加油的！」

「謝謝！」

「如果想吃東西，我家的滷味任妳吃！」

「你家現在還有在營業嗎？」

「我是說之後我們重新擺攤的時候啦！」

看著感情良好的大胖和小賈，小琪覺得除了能幫助外公達成心願延續傳統，也讓自己更接近媽媽，還能幫助到自己的朋友，她第一次感受到有能力幫助別人的感覺真好，她下定決心一定要好好努力，不負眾望！

07. 特訓ＶＳ回憶

「特訓開始！」阿通大聲宣佈。為了幫小琪克服怯場，阿通設計了一連串的練習，練習場地就在古島夜市的商家內。小琪就這樣被阿通拉著在夜市裡跑來跑去。

「首先我們要到服飾店買好指定的衣服！」

阿通拉著小琪到花姨家，請花姨幫忙挑了一套小琪平常根本不會穿的衣服。

「這是為了得到改變自己的自信，變身吧！辛蒂瑞拉！」阿通模仿電視主持人誇張的說。

「這個衣服根本就不適合我穿呀！」

「這就是訓練的目的，改變自己，而且妳要穿這套衣服上台表演。」

「不可能的！這衣服這麼漂亮，我不可能適合的！」

「這可是花姨幫妳挑的！」

「可是……這根本和唱歌沒有關係呀……」小琪抱怨著。

「小琪，妳會怯場根本和唱歌沒有關係，妳已經有上臺的水準了，妳欠缺的是膽量和自信啊！」

「真的嗎？」

「相信我，走吧！再來是撈金魚鍛練體力！」

但兩人走到過去習慣的金魚攤，才想起因為取締攤販的關係，金魚攤的大眼哥已經轉到其他地方擺攤了，路旁空蕩蕩的，兩人惆悵的站著，也沒看到賣棉花糖的阿糖叔，再也沒有人會為了抽空上廁所，請他們幫忙顧攤位了。

阿通故作鎮定，勉強打起精神說：「嗯，好吧！撈金魚跳過，接著下個項目……」

阿通帶著小琪來到賣著許多小飾品雜貨的格子店。

「麗娜姐，我們來幫忙了。」阿通向裡面年輕有氣質的老闆娘打著招呼。

「阿通和小琪啊！好，那就麻煩你們了。」麗娜姐遞給他們一疊傳單。

「把這些發完就可以了。」

「麗娜姐，你們在做促銷啊？」

「對啊！」麗娜姐面露愁容說：「自從取締攤販後，逛街的人潮變少了，雖然還是有固定客源啦！不過生意還是受到了影響……哎呀！我在跟小孩子說些什麼？謝謝你們啦！等等會給你們很多零用錢的，拜託囉！」麗娜姐又對著小琪說：「小琪，聽說妳要在辦桌的考核表演上唱歌呀！加油喔！麗娜姐全力支持妳！」

「喔……」小琪生硬的回應著。

他們帶著傳單走到了十字路口前，開始發送給經過的路人。

「阿通，這是在訓練什麼啊？」小琪一邊發傳單，一邊問。

「站上街頭的勇氣。」

「嗯……我覺得站上街頭和站上舞台好像不太一樣耶……」

「嗯……其實是這樣的……昨天經過麗娜姐的店時，被她拜託的啦！」看到小琪質疑的眼神，阿通趕緊辯解：「是麗娜姐的拜託耶！又可以得到零用錢，這可是一舉兩得啊！」

原來是無法拒絕美女老闆娘的拜託啊！小琪默默嘆了口氣。

好不容易發完傳單，阿通也如願以償得到了老闆娘的感謝和零用錢後，小琪以為這樣就結束了，沒想到接下來還有其他訓練。

「接著是夾娃娃機！」阿通興奮的說。

「夾娃娃？」

「這是為了訓練妳的專注力！」

於是他們來到了以粉紅色為主要裝潢色調的夾娃娃店，沒想到裡面除了他們，只有三三兩兩的幾個客人，一點也不似過去熱鬧。

「阿通和小琪啊！這些錢幣給你們。」老闆大壯哥看到他們，就主動遞上了一疊足夠讓他們玩上幾十次的硬幣。

「真的嗎？大壯哥？」阿通驚喜的問。

「因為你們平常都會幫我看店，而且葛叔為夜市做了很多事啊！可惜沒辦法常去看他，葛叔還好嗎？」

「嗯！外公很好，謝謝你，大壯哥！」小琪回道。

「好，放心吧！今天大壯哥請客，你們盡量玩！」

「謝謝大壯哥！」小琪和阿通兩人異口同聲，高興的道謝。

店內的機器都逛了一圈後，阿通選了一台堆滿粉色系玩偶吊飾的機器。

「那麼小琪，這台機器裡的小狗就是妳的目標！」

小琪看到機器裡有隻和自己的小黃狗吊飾很像的小狗布偶，那是個造型可愛，有著黑色鈕扣圓眼的粉紅格子布偶。

「為了訓練妳的專注力，妳一定要夾到小紅狗！」

「好！這樣就可以和小黃作伴了！」小琪充滿鬥志的說。

「小黃？」

「就是外公給我的捏麵人啦！」小琪說。

「原來妳叫牠小黃呀，真是意外的平凡。」

「是親切啦！」小琪不好意思的強調著。

兩人一直奮戰到盤子裡的十元硬幣都花盡了，還是夾不到格子玩偶。從精力旺盛到筋疲力盡，到最後大壯哥都看不下去了，直接打開機器取了一個小狗玩偶給他們為止。兩人不好意思的接過大壯哥送的禮物，小琪寶貝的將格子玩偶和小黃狗放在一起。

「謝謝你，阿通！」

「嗯嗯！還好啦！雖然沒達到目標，但我想今晚這樣就差不多了。走吧！我們去做最後的訓練！」

「還有哇？」小琪哀嚎著。

「當然啦！最重要的一個還沒完成。我可是特別放在最後的，來吧！」

阿通帶著小琪來到商店街最精華的地段，牛排大王的店前。

「最後是一日工讀！成為服務生之王吧！」阿通在店前誇張的宣布著最後的訓練內容。

「哈哈！阿通，你好奇怪，什麼服務生之王啊？」

「哼！小琪，妳大概以為做服務生是件簡單的事吧！讓我來導正妳錯誤的觀念！」

阿通一本正經的說著：「想要成為一個被認可的服務生，得要有三要。」

「三要？」

「一要察言觀色，二要手腳俐落，最重要的三，是要有誠摯的服務精神！」

「我以為是要會忍耐、有毅力和要有敏捷的身手耶！」

「妳說的只是表面工夫，只要做到第三要，所有條件自然水到渠成了。」

「服務精神？」

「就是把客人當做神一樣對待。」阿通認真的說：「客人來到店裡，其實他們是很惶恐不安的，畢竟這不是他家廚房，除了服務生，他們根本不知道要依賴誰！」

「原來是這樣啊！好有道理喔！」小琪對阿通胡亂說的道理佩服得點點頭，在心中

默默想著，不愧是牛排店的小開，有關餐廳的事情都瞭若指掌呢！

「我已經打點好了，我們今天要到牛排大王幫忙，當然會算工讀費給妳的。」

「可是阿通，我們未成年啊！怎麼可以打工？」

「所以我們是店裡的小幫手，並非真的工讀生啦！妳也幫妳外公看過店吧！今天，妳就要練習服務精神！」

「喔……」

「大聲一點！」

「喔……喔！」小琪勉強伸起手，配合著阿通呼喊著。

牛排大王的排餐因為有著份量多，醬汁獨特的特色而名聲遠播。研發醬汁的就是老謝本人，說起老謝的故事，也算是古島夜市家喻戶曉的勵志故事。

當了十幾年廚師的老謝，從小學徒做到有能力獨自開店，再到研發出特製醬汁一舉成名，也花了他大半輩子的時間。而多次的辦桌總鋪師徵選都由他打敗其他師傅接下，更是讓他聲名遠播，直到他的牛排館開了多間分店後，老謝就再也沒有拿起鍋鏟過，算

是了結了自己遠庖廚的心願。只可惜了過去喜愛他廚藝的粉絲。

身為古島社區的居民，小琪當然嚐過牛排大王的特製排餐，尤其是獨家醬汁的味道更是讓人回味無窮；所有排餐中，小琪最喜愛兒童特製排餐，雖然現在她已經點用一般排餐了，卻還是很懷念兒童餐中精心搭配的鮮豔蔬果，附贈的小餅乾，可愛的星星薯條和香甜的手工布丁。

小琪從沒想過自己會成為服務生，當她是客人時，總是驚嘆著廚房與服務生間搭配完美的默契。那種能以最快速度讓客人享用到餐點的能耐，小琪擔憂的想著自己真的做得來嗎？

「那今天兩個小時就麻煩小琪點菜和幫忙收盤子囉！送餐比較危險，交給我們就好了。」領班大哥也是從小一起在夜市長大的大哥哥，他親切的分配好工作，就開始了小琪服務生涯的第一次！

此時是用餐尖峰時段的牛排館，香味四溢的店內瀰漫著鐵板白煙，將近八十席的位置坐滿飢腸轆轆的客人，而外頭還有排隊等待的人。初次當服務生的小琪，謹慎的跟著先前領班的指導，引導客人入座和清理桌面。最讓她緊張的莫過於要為客人點餐了，還好大部分的人都很親切，願意等小琪慢慢記下點用的餐點。

小琪以為會有很多人看著自己，讓她很不好意思，但後來她發現，其實只是她自己在窮緊張，大家都很專注的用餐和工作，沒有人管她在做什麼。

就在她覺得自己開始習慣點餐和收拾時，小琪注意到先前已經點完餐的客人中，有個孩子對她招手，他的母親則在一旁鼓勵著他表達意見，她趕緊過去招呼。

「姐姐妳好，請問我的特製兒童餐……好了嗎？」

小琪看到他的家人的排餐都到了，只有這個小孩沒有，但他的家人卻也沒有開動的意思，就是在等最後一份餐點到齊，小琪直覺認為是廚房太忙亂而遺漏了。

「我幫你到廚房看看，你等等喔！」

小琪小跑步到了出餐口，對著忙碌的廚房說道：「三桌少一個特製兒童餐……」廚房內閃過一個雙手捧著冒煙排餐的服務生，沒有人有空理會小琪。小琪看到那個孩子依舊等待著他的特製牛排，比他們慢到的客人都開始享用餐點了，只有他們還沒有開動。

「三桌少一個特製兒童餐……」

小琪將頭探進廚房，拉高音量對著廚房說，但還是沒有人理小琪，於是小琪鼓起勇氣，扯開喉嚨發出畢生最大的音量狂吼著，一改她平時內向文靜的形象。

「三桌少一個特製兒童餐！」

這次，小琪的大嗓門終於驚動了廚房，領班則用更大的音量回應她。

「知道了！特製兒童餐加一！」領班用同樣的音量對著廚房吼道。

小琪雙頰泛紅，當她發現阿通結束了送餐，走到櫃台邊待命時，小琪趕緊走到他身邊。

「阿通！阿通！我剛剛……我剛剛很大聲的說話了！」

「喔！為什麼？」

「因為要幫客人點餐……」

「那感覺如何？」阿通問。

「感覺很自然！很好！」小琪興奮的說：「我只是想要把東西拿給客人，只是專心想著要服務到其他人，我以前在台上，都只想到自己被注視著，感覺很不自在，好像大家都在取笑我……」

「嗯嗯！然後呢？」阿通一副小大人的樣子，讚賞的點點頭。

「就在剛剛，我只是很專心的想把事情做好，一心想要快點讓客人吃到餐點，所以我就不顧形象的大吼『少一個特製兒童餐』，結果廚房馬上就幫忙做了！那個小朋友也馬上就得到餐點了！」

「那有人嘲笑妳嗎？」

「沒有！」

「因為妳只是想要專心做好事情而已。就是這樣！不管是當服務生或者是歌手，只要專心做該做的事，不會有人嘲笑妳的！」

「以前，我上台的時候會感到很緊張，很擔心台下的觀眾嘲笑自己，比賽的時候，則擔心評審講評，結果我的表現都不好。直到有一天我在做菜時，有個大鬍子廚師跟我說，用不在乎他人眼光，只要用專心把事情做好的態度做事，事情自然就可以做得很好了。我在做菜的時候體驗到了這一點，也將這點運用在演奏上，從此我的表演評價就升高了。」

「不是為了任何人的看法，只是因為自己想把事情做好。」小琪默默的體會著這之中的道理，順利完成了接下來的工作。

當那位小朋友離開時，對小琪揮了揮小手，並且露出心滿意足的微笑，看著那個微笑，小琪覺得一天的疲勞都值得了。

結束忙碌的一天，雖然很累，卻滿足了小琪和阿通兩人，照例散步到夜晚的公園。

「如何？有沒有覺得都鍛練到了？」

回想著一整天經歷的事，小琪感覺到自己雖然很累，卻又充實得不得了，尤其是當自己掌握到勇敢表達與專注的那一刻。

「嗯！」她激動的點頭說：「謝謝你，阿通。我終於了解，抱著服務的心情上台，而不再只是想著恐懼和嘲笑，才是做好演出的要訣了！」

「很好，今天妳就可以結業了。」阿通滿意的說：「相信在我的調教之下，妳已經變成了一個出色的大人，也能追逐自己的夢想了。我真是佩服自己！」阿通裝腔作勢的模仿電視主持人，彷佛自己真的是個名師。

「上次，我和亮亮在這個公園聊了好多事情。」小琪不理會阿通的自吹自擂，回想

起和亮亮見面的事情。

「到底亮亮說的約定是什麼啊？」

「關於這個，上次和她吵完後，我回家想了很久，終於想起了一件不得了的事。」

阿通神色凝重的說：「妳還記得流動樂團嗎？」

「流動樂團？」小琪疑惑的重複著，這個熟悉的名詞在她腦中翻轉著，她努力搜尋著記憶，除了流動攤販以外，她從來沒聽過流動樂團。

「就是我們一起組的小樂團呀！」阿通提醒她。

「欸！」彷彿有個微弱的記憶流進了小琪的腦中，三個小小的身軀，站在土地公面前……「啊！」小琪尖叫了起來。

「想起來啦？」

「流動樂團！流浪到你家！」兩人異口同聲的說著當時一同編出的童稚口號。

「那時候我們還在土地公廟前發誓，一日團員，終生團員。」

「而且樂團宗旨還是我們想破了頭才決定的，那就是未來一定要不管他人的眼光，做自己想做的事！」

「對！因為那時候亮亮已經決定要當歌手了，那傢伙也強迫我們一定要找到自己的夢想！」

「對對，亮亮對這點真的很堅持！」小琪笑著說。

「哈哈！託她的福，就因為她那麼認真，所以我才正視了自己想當廚師的夢想。」

「這就是亮亮說的約定！」小琪露出恍然大悟的表情。

「應該是的，我們真的活該被她罵，她竟然還記得那麼久的事，而且明明是說著玩的。她從以前就這樣呢！」回想起了約定，阿通和小琪兩人都露出愧疚的神情。

「好啦！改天再跟她道歉啦！為了慶祝妳結業，明天我請妳吃飯。」

「應該是我要請你啦！」

「哼哼！妳就欣然接受我的特製邀請吧！」

面對阿通的堅持，小琪也只好點頭了。

「對了，小琪，我想了很久，這次就讓我陪妳上台吧！」阿通正色說道。

「阿通……」小琪感激的看著他。

「我會幫妳伴奏的，以前都只和亮亮合作過，因為那傢伙唱的是流行樂，但我也想

要挑戰一下用鋼琴演奏傳統配樂，如何？」

「阿通，謝謝你！」

「交給我吧！」

「如果再加上亮亮，我們流動樂團就可以重出江湖了！」

「而且我們可都是遵守了約定呢！」

「嗯！我也找到自己想做的事了，為了外公和媽媽，也為了延續說唱故事，我要繼承外公的技藝成為歌手，每年都在土地公面前獻唱！」

「妳一定可以的，我則要成為偉大的廚師！」

「然後亮亮會成為偉大的搖滾歌手！我們一起加油！」

「好！真是充滿幹勁啊！」阿通充滿活力的說著。

一樣涼爽的夜晚，但在民代的辦公室裡，氣氛卻凝重許多。

宋先生正坐在辦公桌前看著小林收集來的資訊，上面有許多夜市攤販的個人資料。

「有哪些資料可以使用嗎？」宋先生問著小林。

「目前看來，似乎這個牛排大王經常贊助表演的團體，也是主張要開放清涼秀的一員。」

「牛排大王這次有聘請歌舞團的演出嗎？」

「很有可能，我會再去確認。」

「那我們看看他們會端出什麼演出吧！」宋先生說道：「演出如果有非夜市的人員參與，我們就可以以此為理由讓考核失敗了。」宋先生又翻閱了一會兒資料，室內只聽見紙張翻動的聲響，然後又停在某個特定頁面上。

「這個葛叔似乎很德高望重？」

「他是古島夜市的前任自治會長，在夜市很有人望，也是社區教室的音樂老師和捏麵師傅。我們上次遇見的就是他。」

「啊！我想起來了。」

「他也是對辦桌最積極的人物，是主要的領導人，聽說這次考核，協助申請的就是他的外孫女葛小琪。」

「他的外孫女也姓葛？」

「你看。」小林翻到資料最後一頁，將寫著領養的字樣指給宋先生看。

「這個小琪是領養的？」

「資料上是這麼說，似乎是棄嬰，不過在夜市打聽到的說法則是因為父母都早逝，所以跟著外公姓葛，這個消息或許可以利用。」

「小林。」宋先生提醒他的助理。

「好好，老闆，我知道要收斂一點。」

宋先生回憶著曾有一面之緣的小琪，想到自己的女兒應該也和小琪差不多大了，還記得當時她小小的身影在馬路上奔跑的模樣，是如此可愛有活力。

「我有跟你說過，安安最喜歡吃夜市賣的棉花糖嗎？」

「有呀！聽說她非常喜歡吃甜的東西，有一次還吃到鬧肚子呢！」

「結果還好是虛驚一場，這孩子從小就讓人擔心，我和內人就這麼一個孩子，特別注重她的教育……」

「嗯……老闆……那麼我先回去了。」

小林默默的離開了房間，留下宋先生一人沉浸在美好的回憶中。

08. 料理的背影

假日午後的陽光炙熱，雖已是初秋，依舊可以讓人流下涔涔汗水。小琪依約來到牛排大王店門口，即使不是用餐時間，還是有零星的客人在店內用餐。

「為了慶祝妳克服怯場，今天我要請妳吃大廚料理。」阿通語帶神祕的說。

「真的不用啦！應該是我要請你吃才對……」小琪不好意思的說。

「不管，我說要請就是要請。」

阿通領著小琪鑽進一旁的巷子裡，和人聲鼎沸的商店街正面相比，巷子裡顯得陰暗狹小。

「你要請我吃你們家的牛排呀？」

「怎麼可能？是比牛排更好的東西，平常人可是吃不到的！」

他們來到牛排大王的後門，阿通一將門拉開，寬大的廚房就出現在他們眼前，不鏽鋼的流理台和廚具清洗得一塵不染，還有多樣新鮮蔬果擺放在工作檯上，鍋子上則滾著熱騰騰的醬汁和食材，廚師們正輪班休息著，只見阿通熟練的和廚師們打著招呼。

「阿通，又溜進來做菜啦！」

「對啦對啦！跟平常一樣吧？」

「跟平常一樣，你自便吧！」

「太好了，謝啦！」

「要不要順便跟你爸說一聲？」廚師揶揄著阿通。

「好哇！要說就去說吧！反正我也差不多要攤牌了。」

「說得好！有志氣！」一旁的大鬍子廚師突然吆喝一聲，並動作迅速的做出了一道色香味俱全的菜餚。

「這個給你加菜。」

「喔！是黃金蝦球耶！謝啦！」

阿通和廚師間似乎有著特別的默契，阿通取了自已想要的食材後，熟練的洗淨切丁，爆香快炒，不一會兒工夫，熱騰騰的三菜一湯就煮好了。阿通料理的背影讓小琪看得目瞪口呆，原來阿通不只是夢想而已，甚至已經在實踐了。

「小琪，第一次看阿通做菜喔？」自從上次打工，廚房的人也都認識了小琪。

「對呀！我覺得阿通好厲害喔！」

「哈哈！他要出師還差得遠咧！」廚師們毫不留情的取笑著。

「等著瞧吧！我一定會當上總鋪師的！」不理會他人的嘲弄，阿通自豪的說。

他們端著阿通精心準備的料理，來到了位於隔壁樓房的阿通家。

「小聲點，雖然我爸應該不在，不過為了以防萬一，絕對不能讓他發現。」

雖然困惑著阿通的顧慮，但小琪很識相的降低音量，兩人捧著冒著熱氣的菜，躡手躡腳的爬上樓梯，彷彿小偷般偷溜進了阿通房間。一進到安全的房間，他們馬上狼吞虎嚥起來。

「好好吃，真的好好吃！阿通，你好厲害喔！」小琪嚐了一口後，讚不絕口。

「嘿嘿！」阿通不好意思的笑著說：「也還好啦！只要多煮就會了。」

「阿通，為什麼你這麼想當廚師呢？」

「對喔！只跟妳說過我想當總鋪師……該怎麼說呢？這要從很久很久以前說起……」

「那你說，我邊吃邊聽。」

「哈哈！那就麻煩妳聽我說個往事吧！」阿通笑著說：「我記得，那是我小學三年級時的事了。」

「那時候每年辦桌都還是我爸負責掌廚的，他也是做辦桌出身的，後來牛排大王紅了，他才不再下廚。」

「以前我經常看著老爸工作，他做菜時的背影真的帥呆了，是真正的大廚才會有的氣魄，沒有絲毫猶豫和多餘的動作，技術是那麼爐火純青，我總是看得發呆……雖然他後來不做菜了，可是那個俐落的背影卻還深深印在我腦中，我希望自己也能有這麼帥氣的背影……」阿通不好意思的說著：「而且我很喜歡做菜，就好像彈鋼琴給人聽時會有的成就感，感覺自己服務到了別人，也有讓別人開心的能耐。」

「那為什麼不是選擇當鋼琴家，做菜當做是興趣呢？」

「嗯！這個問題臭老爸也有問過我。」阿通歪著頭想了一會兒說：「應該是手的感覺吧！我很喜歡彈鋼琴，但沒有到熱愛的地步，就是那種廢寢忘食，無論如何就是想要去做！想要做得更好的感覺吧！」阿通雙手握拳激動的說：「只要想到這道食材要做成什麼樣的料理，可以怎麼調配香料和配菜，我就覺得好興奮，想要了解更多！想知道更多！想做更多！永遠做不膩！」

看到小琪驚訝的望著他，阿通才平順了口氣說：「呼……反正若有機會選擇，我選擇做菜。」

「阿通，你好成熟喔！」小琪崇拜的看著阿通。

「妳真是笨蛋，我就是因為不成熟，才會和老爸鬧翻的。」

「可是你比我成熟太多了，我甚至沒有需要爭取的事……」

「妳這次不就努力爭取辦桌考核了？」阿通提醒著。

「真的耶……」

「而且妳連怯場都克服了，只要努力，妳一定會做得很好！」

「謝謝你，我好高興。」小琪感動的吸了吸鼻子。

「啊！笨蛋，不要把鼻水滴到湯裡啦！」阿通趕緊提醒小琪。

「那等妳吃完，我們走吧！」

「走去哪裡？」

「之前不是要妳陪我去個地方？」

「對耶……」

「就去那個地方。」

等小琪心滿意足的吃飽後，阿通帶著小琪來到了「育正商工」的成果展。

育正商工是和他們學校有建教合作的高職之一，也是阿通打算申請的學校。這天是商工的成果發表展，校內有許多活動和展演，他們一直逛到腿痠，肚子被試吃的食品撐滿為止。當他們決定找個地方休息時，就看到校園一角貼著樂團表演的海報，海報上的照片正是他們再熟悉不過的童年好友亮亮。

育正商工每年都會邀請樂團演唱，而亮亮參與的樂團剛好也在其中，只見亮亮穿著帥氣，充滿氣勢的站在舞台上唱著她拿手的歌曲。

小琪感動的聽著亮亮的演唱，沉醉在她嘹亮的歌聲中，心中不禁感到驕傲非常，這是她的童年好友呢！一曲結束，亮亮拿起麥克風致詞，台下有許多亮亮的個人粉絲紛紛發出尖叫。亮亮對著台下揮手，又引來一陣粉絲尖叫。

「謝謝各位支持，或許有些人已經知道了，這場演出是我在台北的告別演出了。」

聽到發言的粉絲們各個發出驚嘆和惋惜的聲音，而小琪和阿通兩人四目相對，互相搖搖頭。

「什麼意思？」

「我不知道耶！從來沒聽亮亮說過。」阿通聳聳肩說道。

「感謝各位這麼多年來的支持，接下來為各位帶來『我的未來不是夢』，謝謝！」

又是一首拿手的歌曲，當亮亮終於結束了演唱後，小琪和阿通趕緊繞到後台，只見亮亮正和粉絲握手簽名，小琪和阿通識趣的待在一旁等待，直到亮亮揮別粉絲後，才趕緊招手吸引她的注意。亮亮正準備離開校園，揹著吉他的身影依舊帥氣亮麗。

「亮亮！」阿通和小琪趕緊叫住她。

「小琪，阿通！你們怎麼會在這裡？」亮亮驚喜的問道。

「欸！這個嘛……」

「阿通，你自己說啊！」小琪鼓勵著。

「裝什麼神祕啊？」亮亮取笑的問道。

「好！我說。但是在說之前，妳先回答我們，剛剛在台上的發言是什麼意思？」

「台上的發言？」

「對呀！妳說這是最後一次在台北的演出？是什麼意思啊？」

「啊！你們聽到了呀！」亮亮露出訝異的表情，不過很快就變回原本沉穩的模樣。

「就是我說的那個意思。」

「妳要退出樂團了？」

「不是。」

「那是？」

「先找個地方聊聊吧！」亮亮拉著衣領搧風提議著。

「有冷氣的地方！」小琪與阿通異口同聲說。

他們一起來到附近的冷飲店，店內大部分是年輕學生，找到位置坐下後，阿通馬上繼續追問亮亮。

「快說，為什麼這是最後一次在台北演出？」

亮亮喝了一口飲料，平靜的說出早該向好友們告知的訊息。

「我媽因為工作太忙，身體已經累壞了……我們決定回鄉下老家養病。」

「什麼！」阿通和小琪驚訝的問道。

「為什麼我們都不知道？」

「我不知道怎麼說……而且我媽想低調一點……」

「難怪上次妳反對花姨接下考核的工作……」

「嗯……那真的是她喜歡做的事……只是我希望她好好休養，等考核結束，我們就會把店收起來準備搬家了……我發覺能和你們相處的時間不多了，如果把時間浪費在鬧彆扭上，那我們未來都會後悔吧！」亮亮說的是自己責怪小琪遺忘約定的事情。

「原來是這樣！」阿通恍然大悟的說。

「亮亮！」聽到亮亮的理由，小琪決定鼓起勇氣告訴亮亮：「我想起約定了！」

「真的嗎？」亮亮露出既驚喜又害羞的表情：「我還以為妳覺得幼稚，所以記不得了呢！」

阿通心想，難得看到亮亮不好意思的模樣，原來平時一臉酷樣的搖滾少女，也會有像普通女孩的一面。

「雖然是阿通幫忙我想起來的。」小琪也不好意思的承認。

「根本就是我提醒妳的吧！」阿通不客氣的指正。

「反正想起來了，我們約定長大後一定要做自己想做的事，然後再一起開心的站上

舞台唱歌！」

「而流動樂團就會重出江湖！」阿通興奮得手舞足蹈。

看到阿通滑稽的模樣，三人開心的相視而笑。

「決定了，我要再和臭老爸談談，我不要就這樣被送出國去。」

「阿通加油！我支持你！」

「對，我也支持你！不過要支持什麼？」亮亮豪爽的問道。

「對喔！妳還不知道。」

於是阿通也一五一十的告訴了亮亮自己的狀況。

「原來如此，所以你跑到這邊來觀摩啊！」亮亮點點頭。

「而且最近我和老爸的關係超不好的，他規定我不准上台，還要我得好好唸書考英文，可惡，我一點都不想參加考試！」

「阿通，這樣你陪我上台會給你帶來麻煩吧？」

「沒關係，我就是要反抗臭老爸，我一定要等到高中畢業後再出國，而且我要唸餐飲科！」

「小琪，妳不用擔心阿通啦！他那麼有衝勁，絕對沒問題的，倒是妳還好嗎？」亮亮關心的問道：「上次我們聊天時，雖然妳說要為外公和媽媽加油，可是上台沒問題了嗎？」

「哈哈！」阿通得意的笑著：「關於這點，我深深覺得自己是個天才。」

「哪方面？搞砸事情的？」如同花姨般，亮亮對牛排家族的人一點都不留情面。

「當然不是！」阿通抗議著。

「阿通真的是天才，他幫我克服了怯場呢！」

「喔！太好了，恭喜妳，小琪！」

「謝謝妳，亮亮，這樣我們就可以一起上台唱歌了！」

「難得妳敢上台了，一定要好好的唱個夠！」亮亮興奮的說。

「可是如果亮亮妳不上台，是不是以後我們就看不到妳唱歌了呢……」小琪惆悵的說。

「雖然搬回南部，我還是會參加樂團呀！我才不會輕易放棄夢想呢！你們可以來找我玩，而且說不定以後我還會回到北部，放心吧！」

「嗯！那什麼時候流動樂團可以再次開演呢？」

「那一定很恐怖。」阿通說道：「妳想想看，一個是說唱，一個唱搖滾樂，而我學的又是古典鋼琴，怎麼聽都不搭嘎，平常還可以伴伴奏，但同時兩個曲風，我要幫誰伴奏啊？」

「哈哈！說得也是，而且我們根本也沒有再合練過，現在想要合唱一定很恐怖！」

「這樣呀……」小琪露出失望的表情。「說得也是啦！」

「不過，我們都遵守約定了呀！」亮亮說道。

「嗯！我們都遵守了做想做的事情的約定！」

「是嗎？阿通倒是很危險喔！要是一個不小心就飛去國外啦！」亮亮又糗了阿通一頓。

「我會堅持到底的！」

三人開心的聊著，度過了下午時光，這場久違的聚會讓小琪特別感動和心滿意足，自從外公住院，而辦桌停辦以來，她不知道自己有多久沒這麼悠閒過了。

午後的太陽炙熱的曬烤著柏油路，花姨露出沮喪的表情走出牛排大王的辦公室，為了說服夜市的各間店家老闆都準備節目上台，花姨已經奔波了一整個上午，她心想，如果被女兒知道，一定又會被唸一頓。可惜店家們都將賭注壓在小琪身上，認為已經不需要參與表演了，甚至還有人建議邀請民俗舞團或布袋戲表演，像其他的廟會一樣，請專業劇團搬演酬神戲……但這就和古島夜市的文化不符了，花姨決定持續拜訪，直到所有店家都走遍為止。

就在拒絕花姨不久，老謝在牛排大王涼爽的辦公室裡迎接了突然來訪的小林。

「謝老闆，我跟你說，不要說我這個人不夠朋友，這次考核的委員都是喜歡『明月歌舞團』的支持者，請這團的話，考核一定會過！」

「可是你是民代的助理耶！這種好康怎麼會跟我們說？」老謝質疑的問。

「拜託，我是因為看到你們夜市要搬遷，覺得可惜才跟你說的耶！而且如果因為你請了歌舞團讓辦桌大成功，這可是你立的功勞，到時候看你是要當自治會長或者選民代都很簡單了。」

「是這樣嗎？」

其實為了讓阿通能夠在國外衣食無虞，老謝很想獲得一官半職來提高牛排大王的聲譽，再多開幾間分店，此時小林的提議對他而言是個很吸引人的機會。

「可是，我們之前就是因為『風化辦桌』才被迫停辦的，現在怎麼還能再請歌舞團呢？」

「你可以請她們設計民俗類的演出啊！而且明月歌舞團也有在做廟會的活動。放心啦！重點是她們團都是年輕妹妹耶！」

「這樣啊！好吧！那就這麼做。謝啦！小林。」

「對了。」小林突然想起了什麼：「上次在台上彈鋼琴的是令公子，對吧？」

「沒錯！我那小子真是不得了，他可是個音樂才子呢！」一提到獨生子，老謝就得意非常。

「果然，他實在是很優秀，不過呀！因為這次的考核訴求是傳統，雖然您的公子真的非常棒，但是我還是建議把他的節目拿掉……」

「這……」老謝顯得很為難：「雖然正合我意，但那小子最近真的很難管教……」

「就算是為了他們的未來著想嘛！而且這也關係到你未來能不能成為民代啊！」小

林繼續慫恿著。

「嗯……我會想辦法的……」老謝心想，看來有必要再找時間和兒子聊聊了。

「那就這麼說定囉！」小林露出愉快的微笑和老謝達成了協議。

09.「母親的遺物」
古島觀光夜

相隔數月，古島土地公廟前的廣場上再次人聲鼎沸，同樣的鷹架，同樣的舞台，同樣的攤販和辦桌，不同的是，這次古島夜市的攤販們都卯起來張羅準備，打算大展身手一番。

雖然葛叔剛開完刀，狀況依舊不穩定，但他特別請假出院，就為了看到小琪在台上風光獻唱的樣子。

為了這一天，小琪做了許多準備，也努力克服了各種狀況，她心想，今天一定要好好發揮，為外公爭光，也為了不辜負夜市的朋友們。人群中，還有代表社區居民的民代宋先生與助理小林，事關能否順利恢復社區寧靜，他們密切注意著所有表演單位。與辦桌相關的人都到齊了，有反對的、努力守護的、觀察的，各方都緊張的期待著今天的演出是否有辦法傳達恢復辦桌的必要性。

「大眼哥！大壯哥！」小琪開心的向熟識的臉孔打招呼。

消失了一陣子的阿糖叔也拖著棉花糖機器在廟前擺起攤來。

除了令人心安的臉孔，小琪也注意到，花姨的身邊站了幾個西裝筆挺的陌生男子，這些男子就是幾個月前導致葛叔病發的「考核委員」，小琪不安的看著他們，直到阿通

出現在小琪面前，才將她的不安給吹散。

「小琪，我跟你說，我爸答應不送我出國了！」阿通表情複雜的說。

「真的？太棒了。」

「對呀！不過我也答應他，這次辦桌不要上台了……」阿通充滿歉意的看著小琪，明明說好兩個人一起努力的，況且他也做好了反抗老爸的準備，現在卻還是為了自己而放棄……

「沒關係啦！阿通，之前因為有你的特訓，我現在就算一個人上台也沒問題了，謝謝你。」小琪微笑的看著阿通。

「太好了，那我會在台下努力為妳加油的！」

「只是為什麼你爸這麼堅持不讓你上台啊？」

「不知道啊！之前是因為輔導室的事，我選填了餐飲科當志願，他想禁止我表演當做處罰，不過這次我就不知道了。反正他這麼要求，我也才有辦法和他談條件，但這樣就對不起妳了……」

「我都說了沒關係了！走！我們去後台看看有什麼需要幫忙的！」小琪拉著阿通的

手一起到後台去。

終於確定一切就定位後，小琪在後台將小黃狗串成項鍊戴在脖子上，她心想，既然她是媽媽的女兒，那麼她一定也做得到，能讓外公刮目相看！

不久就輪到她上台了，她默默的對著項鍊許願。

「小黃狗，你要代替媽媽保佑我，讓我們能夠順利演出。希望土地公聽了我唱歌，能夠保佑外公身體健康，快點好起來，還有讓辦桌能順利舉辦下去，這樣外公的行業故事就能一直持續下去，那麼這個傳統也就不會消失了。小黃狗，你一定要代替媽媽保佑我們，拜託你了！」

正在巡視後台的小林剛好經過，看到小琪對著自己身上的項鍊喃喃自語，小林對小琪很有印象，資料中顯示小琪是個被收養的棄嬰，但卻受到很多夜市成員的關心，這次也將用說唱藝術的方式呈現最具辦桌傳統的表演。事實上，考核委員對這個演出特別有興趣，他們認為如果有青少年在舞台上做傳統演出，那麼對文化的傳承是很大的功勞，他們肯定會喜歡，到時候就糟糕了，即使他安排了專業舞團的演出也沒用，於是小林默

默走近小琪，想了解她的演出內容。

「小妹妹，妳在幹什麼啊？」

「我在許願呀！」

「對著小狗？」

「這是我媽媽的遺物。」

「媽媽？」

「因為我的媽媽是個有名的歌手，她一定會幫助我們順利完成表演！」

原來女孩並不知道自己的身世，小林突然有個想法，他看著這個應該是這次考核最主要戰力的女孩。

「妳叫做小琪對吧！」

「叔叔，你認識我啊？」

「嗯！我在資料上看過妳喔！」

「資料？」

「因為叔叔是政府的人，你們表演者的資料我們都有。」

聽到對方可能是「考核委員」，這讓小琪莫名緊張了起來，希望能給對方留下好印象。

「叔……叔叔好，我是小琪，待會兒要表演行業故事！」

「我知道喔！資料上有寫。不過啊！小琪，叔叔也在資料上看到一件事，和妳有關的……不知道適不適合告訴妳？」

「有關我的事？」

「嗯！」

「欸？是什麼？」

「其實呀！因為剛剛聽到妳在和媽媽祈禱，所以叔叔覺得有義務要告訴妳真相。」

「真相？」

「嗯！小琪呀！妳不是妳外公親生的外孫女喔！妳知道嗎？」

「叔叔，你在說什麼呀？」

「因為叔叔為了辦公，要確定這次辦桌所有人員的資料，所以叔叔在資料上知道了一件事，其實啊！小琪……妳是個棄嬰，沒有媽媽喔！」

「欸？你說什麼？可是我外公說……」

小琪完全被這個突然出現的叔叔給搞混了。

「根據資料所顯示，妳是被領養的棄嬰喔！父親和母親都不詳。」

「我是棄嬰？怎麼可能？」

小琪的腦袋一片空白，那外公說的關於母親的事是騙她的嗎？

「嗯！所以妳對著媽媽祈禱也是沒有用的，因為妳根本就沒有媽媽。」

「我不相，我去問外公！」

小琪慌張的轉身跑開了。

看著女孩的背影，小林心裡感到些微的罪惡感，但還是覺得畢竟要以大局為重，況且每個人遲早都要知道自己的身世的，只是時機的問題吧！

小琪驚慌的在人群中尋找著外公——她唯一的依靠，遠遠看見葛叔正在廣場上和夜市的朋友們談笑著。

「外公！」小琪大喊著。

「小琪啊！怎麼啦？」

外公一如往常，慈祥的面對著疼愛的孫女。

「外公，剛剛有個叔叔跟我說……」小琪喘著氣說。

「說什麼？」

「說……說我沒有媽媽，是你撿來的小孩？」小琪一臉期望的看著外公，希望能從他口裡聽到否認的話語，是她聽錯了。

聽到小琪的問題，葛叔瞬間腦中一片空白，他驚訝自己隱藏多年的祕密為何會突然

被揭穿？自從收養了小琪之後，葛叔就覺得自己不再是孤單一人，有了個相依為命的親人，生活也變得不一樣了。為了讓小琪像其他小孩一樣有著美好的回憶，他甚至編出歌手媽媽的故事，有時連他自己都相信那些回憶是真的了。現在那些編造的回憶卻像吹出的泡泡一樣，破滅了。

外公的無語讓小琪的希望也破滅了，她原本期望外公能馬上否認，自己依舊是歌手母親的女兒，依舊有個曾經深愛自己，卻提早過世的母親。

小琪一臉呆滯的問：「所以我們不是真的家人？」

「妳是啊！小琪！」葛叔苦澀的說。

「可是，你剛剛沒有否認……」

「那是……」

「那是什麼？」小琪再次期望著外公否認。

「小琪……」

「所以你都在騙我，我根本沒有媽媽！她也不是有名的歌手？」

葛叔眼角泛著淚光，困難的看著小琪，他默默的搖了搖頭說：「沒有人知道妳媽媽

是誰……」葛叔艱難的吐出這幾個字。

小琪悲傷的看著葛叔，她突然覺得自己沒有了任何動力，所做所為也沒有任何意義了。

「小琪，到妳上台了喔！」亮亮走了過來，卻發現小琪的表情有異。「小琪？妳怎麼了？」

「欸欸！小琪，快點準備呀！把特訓的成果發揮出來讓他們好看！」阿通也走了過來。

雖然好友們就在身邊，但小琪卻覺得他們的聲音好遠。「我……我不上台了……」小琪小聲的說道。

「什麼？」阿通以為自己沒聽清楚。

「我不上台了，我根本不是媽媽的女兒，也沒有唱歌的能力！」小琪拋下了這句話後，丟下所有人跑走了。

小琪不知道自己要去哪裡，只覺得自己很難堪，原以為自己很有才華，遺傳了媽媽的能力，結果自己只是個從小就沒人要，一無是處的棄嬰。

被小琪留在原地的眾人面面相覷，還不了解發生了什麼事。

「葛叔？小琪怎麼了？」阿通慌張的問，卻瞥見葛叔默默的流下兩行老淚，看到這個情況的阿通和亮亮更顯得不知所措。

「我去找她回來。阿通，表演交給你！想辦法撐住！」亮亮當機立斷，朝小琪跑開的方向追了上去。

看著亮亮的背影，阿通擔憂著和老爸的約定，卻一鼓作氣的走向舞台，決定豁出去了。

重新舉辦的辦桌吸引了許多人參與，亮亮在人群中找不到早已消失蹤影的小琪，她靈光一閃，來到了公園的小山坡上，順利在那找到了小琪。

「妳果然跑到這裡來了。」

小琪縮著身體躲在樹蔭下，天空飄著濃密的烏雲，似乎就要下起午後雷陣雨。

「亮亮……」

「妳怎麼突然跑掉了？表演怎麼辦？」

「我根本就沒辦法表演……我沒有媽媽，也沒有人在乎我，上台只會成為人家的笑

柄而已……」小琪吸著鼻子說。

「沒有媽媽？什麼意思？」

「剛剛我問過外公了，外公說我其實是他撿到的棄嬰……媽媽的故事都是假的，是他編出來的……外公根本不在乎我！他只是想要有人繼承他的工作而已！」小琪激動的一口氣說完。

聽到這段震撼消息的亮亮完全不知如何回應，只是呆呆的站著。

「亮亮，妳知道這件事嗎？」

「我……我也第一次聽到……小琪，妳說的是真的嗎？誰跟妳說的？說不定妳被騙了……」

小琪搖搖頭。

「剛剛我問過外公了，他說是真的。」

感受到小琪的挫折，亮亮試圖為她打氣。

「即使……即使沒有媽媽，妳的歌依舊唱得很好啊！」亮亮試著尋找可以安慰小琪的字眼。

「妳……妳可以證明給大家看！」

面對無動於衷的小琪，亮亮努力鼓勵著她。

「妳不是說要為了外公守護辦桌嗎？妳都努力這麼久了，連怯場都克服了，走，我們一起回去，讓那些委員刮目相看！妳可是我們的王牌呢！」

「已經不重要了啦……亮亮，不要再說了！別管我了，我只想一個人靜一靜……」

小琪啜泣著說。

「小琪……」亮亮露出難過的表情。

「我知道了……可是妳要記得，不管有沒有媽媽……妳依舊是我最好的朋友……」

看著完全不搭腔的小琪，亮亮沮喪的留下小琪離開了。

當亮亮回到土地公廟前的廣場時，就看見阿通正在台上和老謝吵架，兩人的聲音透過麥克風傳遍廣場。

舞台上還有幾位歌舞團的舞者們，神色不耐的站在一旁。

「阿通，我不是要你別上台，你也答應我了，你現在是在幹什麼？」老謝咆嘯著。

「當然是為了讓表演順利啊！」

「那讓這些專業舞者來就好了，你給我下台。」老謝伸手拉著阿通。

「我不要！你根本不在乎我的想法，我也有自己想做的事！」

「你真是氣死我了，我這麼做也是為了你啊！你這個笨兒子！不要以為我不知道你偷溜進廚房做菜的事！」

沒想到自己隱瞞的事早就被識破了，阿通臉一紅，激動的說出了自己的真心話。

「既然你知道了，那你應該也知道我根本不想出國唸音樂，我想要當的是廚師！」

「你又說這種話！我已經答應你了，出國可以延，但絕對不准你當廚師！你知道那個工作有多辛苦嗎？」老謝回想起自己的學徒生涯，炙熱的廚房和永遠切不完的菜，他這麼努力轉行當了大老闆，就絕對不會讓獨生子也步上他的後塵！

「我知道，我就是看著你做菜的背影長大的，為什麼你現在不做菜了？」

「那是工人才需要做的事，你做好你的本分就好了。」

「才不是工人，我已經註冊餐飲科了！」

「你這不孝子！我絕對不准！」

在台上僵持不下的兩人沒有注意到，台下的考核委員們紛紛搖著頭準備離席，即使

花姨努力慰留也沒用。

老謝乾脆伸手硬是揪著阿通往舞台下走，舞者們紛紛離開了現場，就在舞台上亂成一片時，委員們默默的離開了，難得的辦桌考核就在一片混亂中結束了。

不知過了多久，待在山坡上的小琪哭累了，肚子也餓了，她下了山坡，一個人默默的走在回夜市的路上，她不知道自己能往哪裡去，只好往回家的方向前進。

此時，人行道迎面走來了兩個人，是安慰著小賈的大胖，他們注意到了小琪，小賈率先一個箭步向前對小琪吼道：「都是因為妳，辦桌已經結束了！」

小賈的激動嚇到了大胖和小琪，大胖趕緊拉住小賈。

「小賈，不要這樣啦！又不是真的因為小琪的關係。」

「如果不是因為她落跑，剛剛我們也不需要上台充場面，結果根本沒人在看，超丟臉的！而且也沒什麼用處！」

回想起剛剛上台的窘困經驗，大胖也不由得埋怨起來：「小琪……我覺得……中途落跑，真的滿沒品的……」

「妳說，妳為什麼要落跑？」小賈質問著：「莫名其妙，也沒有通知一下，到底是為了什麼？」

面對小賈的質問，小琪卻說不出口真正的原因。

「小琪，我們決定要搬家了，或許這和辦桌沒有關係，但我真的很想知道原因是什麼……否則我無法接受，妳為什麼要臨陣脫逃？我們明明說好要一起為辦桌努力的！」大胖認真的詢問著小琪。

小琪依舊沉默著。

面對她的沉默，小賈當作小琪是心虛了。

「走了啦！大胖，她一定是因為害怕才落跑的，還會有什麼理由？我們快點回去收拾東西吧！」小賈鄙視的看著小琪，拉著大胖準備離開。

「小琪，如果不是因為妳，我們一定還可以和平常一樣，在古島夜市擺攤的……」

「走啦！」小賈催促著大胖轉身離開了。

望著他們漸行漸遠的身影，小琪只希望自己變得很小，小到沒有人看的見她。捏麵土做的小黃狗掉進了地上的水窪裡，剛好洗去了灰塵，原來捏麵土不怕水，小琪心想。

小琪轉身往夜市的反方向走去，任由小黃狗孤單的躺在原地。

在廣場上混亂的人群中，亮亮終於找到了花姨。

「媽？那些委員呢？結果如何？」

「亮亮啊！原本說好要上台的胖爸和賈媽都臨陣脫逃了……結果只有阿通上台。自治會想說要讓自己人上台，所以叫小賈和大胖也上去湊數，但是他們根本沒彩排過，最後場面變得更亂，加上老謝雇用的明月歌舞團讓委員很不高興，覺得和申請內容寫的不一樣……」花姨鬱悶的說。

「就算是歌舞團，可是也是自治會請來服務觀眾的呀！這樣不行嗎？」

「唉……因為申請的理由就是讓辦桌成為社區居民共同展演的舞台呀！同時發揚傳統……小琪也沒上台……反正不是社區相關的人，就沒意義了……」

「那結果……」

「要下個星期才會出來，不過宋先生似乎也有向委員們反映這些狀況……加上剛才他們的反應……所以我看……」花姨默默的搖了搖頭。

「媽……反正我們都盡力了，快點先打包吧！」亮亮刻意用開朗的口氣，想給花姨打氣。

「是呀……啊！還有一件事……」

「什麼事？」

「剛剛阿通和老謝吵得很厲害，你有空就去關心阿通吧！有些事情還是你們年輕人比較能了解。」

「喔！我知道了。」

「那小琪呢？」

既然提到小琪，亮亮決定問出自己的疑問：「媽，妳知道小琪是撿來的嗎？」

花姨露出驚訝的表情看著亮亮，最後終於嘆了一口氣說：「嗯！老一輩的都知道，不過大家都已經有共識，不打算讓她知道了……妳怎麼會知道？」

亮亮如實轉述了她和小琪的對話。

「沒有爸媽的感覺是什麼呢？」亮亮抱著自己的胳臂問：「雖然老爸很早就已經過世了，但起碼我不是因為被拋棄才沒有爸爸的，而且老媽妳一直很支持我……」

「小琪還有外公呀！」花姨安慰著亮亮。

「原來是這樣啊……所以她沒有上台表演……那小琪還好嗎？」

「……剛剛哭得很傷心，不過晚一點就會回來了吧！她也沒有地方可以去。」亮亮難過的說道，她依舊感到很遺憾，也不知該如何面對小琪。

「媽，老師呢？從剛才就沒有看到人了？」亮亮突然想到去追小琪前，葛叔看起來很傷心的樣子，她趕緊四下尋找著葛叔的蹤影。

「對耶！因為一直很混亂，我也忙著招待，小琪的事一定給他很打的打擊，我們快點找找看。」

母女倆趕緊分頭尋找，終於讓亮亮在舞台後方找到躺在地上的葛叔。她們驚嚇的呼喊眾人來協助，等到救護車來了，原本在冷戰的老謝父子也顧不得吵架，兩人合力將葛叔送上救護車。

看著葛叔被送上車後，亮亮抓著阿通焦急的說：「阿通，我們快點去找小琪！」

他們兩人跑回公園裡的小山丘，但已經沒有任何人在那邊了。

「怎麼辦？小琪會回家了嗎？」

「那我們打電話去她家看看好了。」

阿通和亮亮又趕緊離開了山丘，天空開始下起雨來，地上一個黃色的物品吸引了阿通注意，他撿起沾滿汙泥的小黃狗吊飾，認出那是小琪的吊飾，阿通緊握著被水沖刷過的小黃狗，只希望能想到小琪會去的地方。

10. 絕望的消息
古島觀光夜

小琪漫無目的的走著，她想，如果不傳承外公的技藝，那外公就再也不需要她了，而現在她又沒有上台演奏，既然她沒有為辦桌帶來好處，還有誰需要她呢？

雨下個不停，空氣中的濕意會讓棉被變得冰冷，如果白天不好好除濕一番，很難有個乾爽的睡眠，而且麵粉也很容易發霉，一定要記得把除濕機打開。小琪突然想起了外公經常掛在嘴邊的話。

宋先生和小林兩人結束了辦桌考核的行程後，小林開車載著宋先生，正在回辦公室的路上。就在經過公園時，宋先生注意到路旁有個女孩，獨自一人淋著雨，無精打采的走著。

宋先生覺得那個女孩很眼熟，似乎是下午在廣場上見過，充滿活力準備上台演出的那位？

「那邊那個女孩是今天下午預定要演出的小琪嗎？」

「哪邊？」專心開車的小林問道。

「左邊的人行道上的。」

小林放慢了車速，推了推眼鏡確認後說：「啊！沒錯，聽說她原本預定要上台表演的，後來不知道怎麼了，沒有出現。」

「你知道為什麼嗎？」

小林有點心虛，但也不想和宋先生說謊：「欸……可能和我跟她說的事有關吧！」

「你說了什麼？」

「老闆，反正辦桌肯定會停辦了，只是個小女孩，不用管她怎麼了吧？還是快點回去洗個熱水澡吧！好冷喔！」小林敷衍著。

「說了什麼？」宋先生溫和的追問著，雖然他已經猜出來了，還是想從小林口中確認。

深知老闆的脾氣，小林決定具實以報：「就是我們都知道的呀！她是個棄嬰嘛！資料一調閱就出來了，沒想到當事人竟然不知道，我也很意外呢！」

「這樣啊！難怪看起來很失落的樣子，一直以來都沒人跟她說過吧！」宋先生喃喃自語著。

「嗯？老闆，你說什麼？」

小林擅作主張的態度總是讓宋先生感到頭痛，他做事機靈勤快，一直是個好幫手，只是在處理事情的手法上，有時令人不太苟同，雖然說了好幾次了，小林卻依舊故我。

「靠邊停一下。」

「唉！知道了。」

小林順從的將車子開到路邊臨停。

宋先生撐著傘下了車，皮鞋濺起地上的水花，他穿越馬路，回頭尋找低著頭走在雨中的女孩。

「小琪。」

女孩沒有回應，於是宋先生走到小琪面前，擋住了她的視線說：「小琪？妳叫做小琪吧？還記得我嗎？」

小琪抬頭看了看來人，點點頭說：「民代先生。」

「嗯！聽說妳今天本來要上場的。」

「嗯！本來是的。」小琪有氣無力的回答。

「我送妳回家吧！我的助理開車來的，就停在那邊。」宋先生比了比停在一旁的車子。

「不用了，我沒有要回家。」

「那要去哪裡？」

小女孩以沉默回應。

面對小琪的沉默，宋先生決定先想辦法安頓她比較重要。

「反正先上車吧！」

小琪也不知道自己可以去哪，她既不是外公真正的家人，又害得朋友們必須搬家，而亮亮和阿通也要離開夜市了，小琪覺得自己在夜市已經沒有容身之處了。

她順從的跟著宋先生坐進了車子裡，腦中一片空白的她，也不在乎自己會被帶往何處。

小林不發一語，只是穩定的開著車子駛向目的地。

熟悉的街景透過被雨水打濕的車窗已變得朦朧不清，隔著車窗，沿途的綠樹越來越多，一株株被雨水打彎了枝枒，小琪依稀知道他們穿越了古島社區，來到社區邊緣的山腳下。

他們停在一棟獨棟的房子前，那是棟兩層樓的建築物，原來宋先生就住在古島社區裡偏山邊的地方。

從低矮的圍牆望進去，一樓有著可愛的小院子，院子裡種著許多花草，都是小琪叫不出名字來的，因為下雨的關係，花草都被淋濕了。室內柔和的光線從窗戶邊緣溢散出來。

這是小琪第一次有機會走進獨棟的房子裡，她和朋友們都住在老舊的公寓中比鄰而居。有時候隔壁鄰居的電視聲都能聽得一清二楚，甚至只要聽到收看的節目，小琪就知道鄰居的心情好壞了。雖然彼此間的隱私很少，可是小琪喜歡這種環境，因為鄰居間總是能互相幫助。

小林將他們送到目的地後，就開車離開了。

宋先生來到門邊按了電鈴，一會兒門就開了，一個和善的中年女性站在門後，她穿著家居服，屋內燈火通明。當門打開時，站在宋先生身後的小琪聞到了排骨湯和煎魚的香味，她突然想起，外公的拿手好菜是麻婆豆腐，他們倆經常就配著麻婆豆腐，比賽誰吃下的飯多。

「哎呀！老公，這個女孩是誰啊？」

柔和的聲音提醒小琪回到了現實，原來和善的中年女子是民代的太太呀！感覺是個親切的人，小琪心想。

「這是小琪，古島辦桌幹事的孫女，幫她找件衣服換換吧！她都淋濕了。」宋先生踏步走進屋內，並揮手示意小琪跟進去。

「喔！趕快進來吧！我正好在煮飯，再一會就可以吃飯了。」

宋太太親切的擁著小琪進屋，一進入屋內，小琪就感到溫暖無比，她這才知道原來自己都凍僵了，秋季的午後暴雨能輕易讓人喪失體溫，而自己甚至在雨中待了好幾個小時。

小琪被宋太太帶到一間看似客房的房間，房間裡有著粉紅色的床單和牆壁，彷彿有個小女孩曾住在裡面。

「這是我準備要捐出去的衣物，妳洗好澡以後可以換上，待會再把濕衣服給我就好了。還有吹風機在衣櫃裡，自己拿喔！」

宋太太將一套棉質的衣物和毛巾放在房間後，輕快的離開了，留下小琪默默的打理自己。

將小琪交給太太安頓後，宋先生來到書房，按照資料撥打了小琪家電話，打算和小琪的家人連繫，電話卻一直無人接聽。

「老公，電話不通呀？」

「嗯！可能還沒回去。小琪呢？」

「在洗澡呀！你怎麼會帶個小女孩回來呢？」

「在路邊撿到的，她一副不想回家的樣子……」宋先生將緣由一五一十的交代了一番，才說完，就看見換好衣服的小琪來到客廳。

「我剛剛打電話到妳家，不過沒有人接，晚一點吃過飯我再送妳回去吧！」宋先生對小琪說道。

小琪默默的點點頭，她也知道不能打擾太久。她坐在簡樸的客廳，看到書櫃上有張小女孩的照片。

「那是我女兒，她叫安安。」注意到小琪視線的宋先生，主動介紹了相片。

「女兒……」小琪不禁想到自己是個棄嬰的事。

「如果還活著的話，現在應該和妳同年吧！」

「她過世了？」小琪意外的看著相片中活潑的小女孩，似乎才十歲左右的年紀，卻已經不在人世了？

「因為車禍過世了。」宋先生淡淡的說著。

宋先生拿起相片，懷念的看著裡面甜美微笑的小女孩，他還記得女兒頭上的粉紅色緞帶是他親手綁上去的，因為不習慣做這些事，所以綁得歪歪斜斜的，但女兒依舊開心的戴了一整天，最後還拍了照片留念。

「我們帶她去逛夜市，結果她走失了，跑到馬路中間被卸貨的車子給撞到。」宋先生露出落寞的微笑說：「她很愛逛夜市和辦桌，而且總是說未來要讓社區變得很好，大家都可以住得很開心。」

小琪不知道該說些什麼來安慰宋先生才好，在她年輕的歲月裡從來沒有遇過失去親人的人，硬要說的話，她所知道的親人也從來沒有存在過，只是外公給予的美好想像而已。

宋先生將愛女的相片放回原位，他整理了悲傷的情緒後說道：「她過世後我才發覺

到，夜市其實是個很凌亂的空間，也容易滋生紛爭，商業空間本來就應該和住宅空間區分開來。」

「可是……夜市自治會的人都是好人，商家們也都互相合作呀！」小琪試著幫夜市說話。

「那麼對於社區的人而言呢？」

宋先生雙眼直視小琪，讓小琪感到很不安。

「我……我也是社區居民呀！我覺得有夜市很好，很方便啊！」小琪忘了自己的煩惱，鼓起勇氣為夜市辯解。

「我說的是單純的社區居民，不做生意，不是店鋪房東，只是剛好在古島社區居住的人們。」宋先生溫和的解釋道。

小琪露出困惑的眼神，她沒想過社區居民會有什麼想法，也沒機會和其他人聊過，當她一頭熱的想恢復辦桌保護夜市，也認為所有人都想恢復時，從來沒想過或許還有其他的聲音。

小琪突然回想起公民老師曾說過的，關於商區自治以及居民福祉的話題。

「好了，你們先別聊了，快點來吃飯吧！」宋太太的提醒打破了兩人的沉默。

飯後，小琪幫忙洗好了碗筷，而牆上的時鐘指著晚上八點，指針滴答滴答，窗外依舊下著豆點般大的雨，打在窗戶上，最後沿著窗戶流洩而下。

小琪坐在沙發上，呆呆的看著窗上的雨珠，依舊不知道自己該何去何從？她這麼任性的拋下所有事情跑了出來，她還會被夜市接納嗎？外公會想念她嗎？

雨勢漸小後，走進客廳的宋先生打斷了小琪的發呆。

「妳外公現在一定很著急，我送妳回家吧！」

「外公只是希望有人能繼承他的事業，不是我也可以……」回想起外公的謊言，小琪賭氣的說道。

「小琪，如果妳真的這麼想，那妳外公會很傷心的。」宋先生坐到沙發上，和小琪說：「雖然我不知道你們相處的情況，但上次看到葛叔，我覺得他是個很負責，又熱心公益的人。」

「嗯……外公……真的很喜歡做公益……還免費教唱……」

「先前看到資料時，我就對葛叔感到很有興趣。」宋先生認真的說：「我很想知道葛叔是個怎樣的人，在怎樣的情況下會決定收養和自己毫無關係的孩子。」

小琪回想起外公總是掛在嘴邊的話，說小琪是「媽媽」留給他老人家最好的禮物，讓他的技藝有了傳人，而且也是因為小琪，外公才決定留在古島夜市，重新學習新的技藝，放棄了原本流浪的生涯。

「妳覺得只是希望繼承事業，就會讓一個並不富裕的人收養陌生的小孩嗎？」宋先生溫和的問道。

小琪感到很迷惘，她不知道外公為何要收養自己，又為什麼說了那些謊話騙自己？而且她也不知道自己到底想要什麼，是傳承外公的技藝嗎？或者真的是希望自己能更接近過世的媽媽，所以才持續練唱的？

「宋先生，其實一直到今天中午，你的助理跟我說了之後，我才知道自己是被收養的……」小琪強忍著哭泣說。

「關於這一點……唉……」宋先生嘆了一口氣後說：「小林只是求好心切，因為社區居民也給了我們很多壓力，小林很希望我能獲得居民的認同，他一直是我很重要的左右手。」宋先生停了一會，繼續說道：「但我覺得，如果這是妳外公不想說的事，外人是沒有理由介入的，對於小林的行為，我得向妳道歉。」宋先生默默的對小琪行了一個禮後說：「對不起，請妳原諒我們，如果有辦法能夠彌補的話，請說出來，我會想辦法達成。」

小琪驚訝的看著宋先生，原來他和自己心裡想的差這麼多，或許自己和其他人都誤會宋先生了，或許他真的只是個希望能為民服務的正直民代。

「我……我現在不知道自己該怎麼辦？我不知道外公還想不想要和我一起生活，而且我擅自跑出來，說不定他已經生我的氣了，畢竟我們不是真的親人，我又怎麼有能力繼承他的技藝呢？我也沒有真的有個歌手媽媽……我連自己想做什麼都不知道……」小琪焦慮的說出了自己的煩惱。

聽了小琪的話之後，宋先生沉思了起來，接著走進廚房和和宋太太兩人交談了一會兒後，宋先生表情凝重的走了向小琪，對她說出了意外的提議。

「小琪！」他誠懇的說：「剛剛我和我太太商量過了，妳的年紀和安安差不多，要不要考慮讓我們收養呢？」

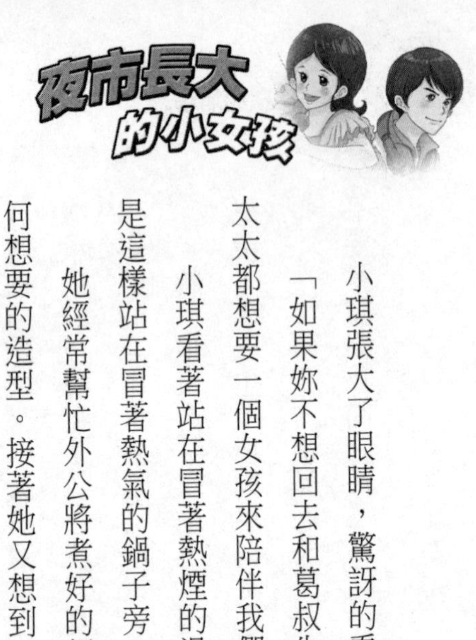

小琪張大了眼睛，驚訝的看著宋先生。

「如果妳不想回去和葛叔生活，我們可以提供妳一切生活所需和教育費用，我和我太太都想要一個女孩來陪伴我們，如果妳也剛好需要一個家的話。」

小琪看著站在冒著熱煙的湯鍋旁的宋太太，小琪突然回想起外公煮麵糰的身影，也是這樣站在冒著熱氣的鍋子旁。

她經常幫忙外公將煮好的麵糰拿到桌上放涼，加上色素之後的麵糰，可以塑型成任何想要的造型。接著她又想到，這個院子裡可愛的花草和那間粉紅色的房間，還有回家後能吃到熱騰騰又美味的飯的生活。

「妳可以不用現在回答，待會和葛叔連絡上了，和他商量後再給答覆也行。」面對沉默的小琪，宋先生體貼的說。

「家裡……家裡電話不通，可能是外公回醫院了吧！」小琪回想起外公是請假出院的，這麼晚了應該也回去了。

「葛叔還在住院嗎？」這件事宋先生也有所耳聞，只是沒想到住了這麼久，看來情況並沒有想像中的樂觀。

「嗯！最近都留在醫院觀察，還動了一個小手術，現在正在復原中。」一想到外公的身體，小琪又露出了憂慮的神情。

「妳外公是怎樣的人呢？」宋先生問道。

「很熱心公益，而且非常喜歡古島夜市，也教了我很多道理……」

小琪說著說著眼眶又泛紅了起來，這才發現自己是如此的敬愛外公，又如此想繼續和他一起生活，小琪決定當見到外公時，一定要問問外公為什麼要收養自己，又為什麼要說那些謊話。

小琪決定先打電話給花姨報平安後，再去醫院找外公。當電話接通後，那頭傳來的卻是阿通的聲音。

「阿通，我……」

「小琪，妳到底在哪裡？」阿通焦急的問。

「我在民意代表的家。」

「民代？怎麼會跑到那邊去？」

「因為……」

「不管了，妳快點到醫院來，葛叔病情惡化了！現在準備要動手術……」

「外公……」

聽到這個消息的小琪拿著話筒的手瞬間變得僵硬了，再也抓不住話筒，話筒就這樣直直滑落到地上，發出巨大的撞擊聲。

11. 約定
古島觀光夜

小琪一路奔跑進醫院，以往她總是喜歡乾淨的醫院味道，但此時瀰漫在醫院病房的消毒水味，卻讓她感到特別刺鼻。

白色的病房外，擠滿了夜市熟悉的面孔，各個都顯露著焦慮的表情。花姨、老謝、賈媽與胖爸等人都到了，看到迎面而來的小琪，大家才露出了放心的表情。

「阿通！外公在那裡？」小琪奔到眾人面前，抓著阿通急問著。

「在……」

小琪緊張的搜尋著病房內，卻突然看到外公坐著亮亮推的輪椅，緩慢的由走廊那頭過來，小琪呆呆的看著有說有笑的兩人。

「欸！阿通，你不是說……」

「我還沒來得及說，妳就已經哭得亂七八糟了，最後還掛我電話，葛叔剛剛是去廁所了，待會才要做手術準備……」

「原來是去廁所……我還以為……」

小琪終於放鬆了下來，癱坐在走廊的椅子上。

亮亮推著葛叔來到小琪面前，坐著的兩人剛好可以平視彼此。

「外公……」小琪哽咽的喊著。

「小琪……」一想到自己的謊言已經被揭穿了，葛叔就慚愧得不敢面對小琪。

「妳還願意喊我外公……」

「外公……」

看著相對無言的兩人，大家也不知該說些什麼，還是花姨機靈，招呼了眾人到大廳等待。

「小琪呀！妳就帶妳外公回病房吧！待會會有護士小姐來幫忙的。」

「喔……」

眾人識趣的離去，留小琪推著葛叔回到病房。

「外公，阿通說你的狀況惡化了？」小琪哽咽的說道。

「是呀！結果還是要動開心手術，今晚就要開刀了……」

「外公……」

「沒事沒事，放心放心。」葛叔摸著小琪的頭，彷彿她還是個小孩子。「而且這次的主治醫師，是老謝特別拜託的。」

「謝叔叔？」

「對呀！聽說老謝特別拜託了心臟科的名醫，這麼突然卻能夠請到，真的是我們的運氣太好了。」

兩人沉默了許久，而牆上的鐘分秒不停，依舊規律的往前走著。

葛叔嘆了一口氣，決定說出自己心中的歉意，這是他一直想說卻不敢說，但現在不說，或許未來就沒有機會說了。

「小琪……我欠妳一個道歉……對不起……」

聽到道歉的小琪，努力克制的淚水終於決堤。

「外公，我才要跟你道歉！」

小琪激動的說：「明明就是我不懂感恩，還亂怪罪你！」

「但我的確對妳說了謊，讓妳一直很辛苦。其實我知道，雖然妳唱得很好，卻沒有唱歌的心，和亮亮相反，亮亮唱得普通，但因為勤能補拙，所以她能唱得那麼感人，因為有志者事竟成啊！沒有目標的話，再怎麼有才能也沒有用……」

「外公……」小琪看著眼前傷心落寞的外公，決定開口問出自己最在意的事。

「外公……你為什麼要收養我呢？」

葛叔吸了一口氣，開始說起久到連自己都忘記了的回憶。

「我那時候跟著戲班來到古島演出，有天休息了，我聽說古島的土地公特別靈，尤其是對走江湖的藝人來說更是靈驗無比，所以我來到土地公廟前，想請土地公保佑，卻聽到廟裡傳出了細微的哭聲，我還以為是貓，結果是個好小好小的嬰兒，就躺在土地公的供桌下。」

外公笑著說：「那時，我是個沒有家人，一天過一天的流浪單身漢，但看到了妳，我突然有個想法，或許我也可以有個家人，或許，這是土地公給我的啟示，或許……除了走唱，我還可以嘗試過其他的生活……自從多了張要照顧的嘴，我的生命開始有了意義……戲班離開後，我留了下來……」

第一次聽到了自己身世的故事，小琪不可思議的，沒有特別傷心的感覺，只覺得平靜。

「……那為什麼你要騙我說我有媽媽呢？」

外公縮了一下身體，才困難的開口說：「我只是希望妳能繼承我的技藝，明知妳無

心當歌手，但是為了讓妳有個目標，所以編了個謊來哄妳，其實那些都只是我單方面的期望，卻對妳說謊……對不起……」

「外公……」

小琪突然覺得自己的身世怎麼樣都無所謂了，外公一直都是她的外公，一直給予她許多的支持照顧，他們一起生活的十幾年是真實存在的，沒有血緣關係又如何呢？

「外公，謝謝你……」

葛叔慈祥的看著小琪，他和藹的摸著小琪的頭，溫柔的問：

「我一直沒有問過妳，妳最喜歡做的是什麼呢？」

受到外公的鼓勵，小琪鼓起勇氣說出了自己逐漸萌發的夢想。

「我想要幫助人。」

「怎麼說呢？」

「因為這次考核的關係，我接觸到了很多的人和事物。」小琪回想起在牛排館打工的事情。

「過去從來沒有主動幫助人的我，卻得到了許多人的回饋和鼓勵，我想要和很多人交流，了解大家的想法，幫助大家解決問題！」

「這樣聽起來，好像和我跟花姨做的事很像呢！」

「嗯！外公，可是我不只想為夜市服務。」小琪想起在宋先生的客廳聽到的社區居民的事。

「我想要為整個社區的人服務，我也想要讓外公的技藝傳承下去，讓古島夜市的傳統維持下去！」小琪的臉閃閃發著光，葛叔感慨的想，自己曾經以為的小女孩已經長大了。

「哈哈哈！很好很好，志氣很高！只要想清楚了，妳一定會成功達成目標的！」

祖孫兩一掃先前的陰霾，開朗的笑成一團。但小琪突然想到一件事，臉色又黯淡了下來。

「外公，大家都說是因為我的關係，所以辦桌失敗了……」

「小琪啊！妳剛剛說想要為整個社區的人服務，那麼就是會有這樣的時候。」

「這樣的時候？」

「被指責的時候。」

「指責……」

「因為妳選擇扛起責任，若事情失敗了，就必須承擔失敗後的責備與批評。」

「那外公……我該怎麼辦……我讓辦桌失敗了……」

「小琪……我會和妳一起去向大家道歉的，一起取得諒解吧！」葛叔安慰著小琪。

「但記住，雖然妳是部分原因，並不代表妳要負擔所有的責任。在一個互相信任的團體裡，每個人都會分擔一些責任，妳會因此責備花姨沒有在委員面前講好話嗎？」

小琪搖搖頭。

「妳會責備亮亮沒有上台嗎？」

小琪搖得更用力了。

「妳會覺得大胖嘗試上台，結果讓表演失敗了是錯的嗎？」

「才不會！大胖很努力了！」

「就是這樣。即使妳是原因之一，但這是眾人之事，眾人都有相對的責任，若是互相指責，就沒有人能學會教訓了。妳覺得我們如果一起去道歉，自治會的大家不會原諒我們嗎？」

小琪用力搖搖頭，她相信從小長大的街坊鄰居們。

「我也相信大家，只要我們好好道歉，一定能獲得諒解，然後吸收經驗後，下次我們可以做得更好。下次遇到責備時，先想想怎樣從中學到經驗，而非只是一直自責，才能把事情做好。」

小琪用力的點點頭。

「妳一定要相信自己，不要害怕失敗，有時候為人服務不只是單純做事而已，還要了解人們的想法，雖然我沒有和民代接觸過，但我相信他一定是一個認真為民服務的民代。」

「你是指宋先生嗎？」

「嗯！」外公點頭說：「雖然他的立場與我們不同……但也是為了社區在做事……相信他也背負了很多的期待和責任……」

「外公，辦桌真的被討厭了嗎？真的是風化辦桌嗎？」小琪問了自己一直很困惑的事。

這個話題是祖孫倆一直避而不談的，尤其在外公住院之後。

「最近幾年的確如此，也難怪社區的居民不喜歡了。」葛叔感慨的說。

「那辦桌……真的就這樣結束了嗎……」小琪落寞的問。

葛叔無奈的摸著小琪的頭，這樣的結果也讓他很遺憾……

「葛先生，準備好了嗎？」

一位身穿白袍，精神飽滿，有著結實肌肉，不像醫生倒像健身教練的人走了進來。

「王醫師，謝謝你。」葛叔說。

「別客氣，這是應該的。」

「啊！」小琪驚叫了一聲。

「你是那個……先前在辦桌上幫外公急救的人！」

「妳還記得我呀！小妹妹？」王醫師開朗的說：「我不是這個醫院的醫生，是牛排大王來找我，希望我為葛先生開刀的，我才知道你外公的狀況這麼複雜。」

「為什麼醫生會認識謝叔叔呢？而且也有來參加辦桌？」小琪問。

「其實呀！我小時候也住在古島社區，在跟家人移民美國之前，從小我就是看辦桌的表演長大的，每年都會定期去參加呢！最期待的就是妳外公的說唱了，現在到哪都看不到了……」王醫師感慨的說。

「後來回台灣以後，知道辦桌還有在辦，雖然沒有住在古島，但我還是每年都會去參加，再到牛排大王去用餐。」醫師不好意思的笑笑說：「這麼念舊，每次都被家人嘲笑。」

小琪心想，原來思念的力量是如此的大，凝聚了許多不同人的思念。

她自己不也是因為思念著不存在母親，最後才克服一切，勇敢踏上舞台的嗎？當她來到醫院時，看到夜市自治會熟悉的大家都聚在一起擔心著外公，而且也像以前一樣的

關心著她，沒有責備她，也沒有因為她的身世而看不起她或同情她。

他們就像以前一樣當她是「小琪」，如此自然的對待著，她終於知道自己最在乎的事是什麼了，原來答案是如此的簡單。

「那麼待會護士小姐會過來，待會見囉！」王醫生說完，腳步輕快的離開了病房。

「外公，謝謝你。」

「謝什麼呀？」

「謝謝你給了我這麼棒的故事，讓我有個母親可以懷念。」小琪真誠的說道。

「小琪……」

「對了，外公，你等一下。」小琪突然跑出了病房，留下不知所措的葛叔。

小琪在醫院大廳找到了所有的朋友，他們正在大廳等候著，連大胖和小賈以及他們的父母都在。她衝到阿通身旁，拉著他與亮亮的手，也不給任何解釋就拉著他們跑回病房。

「現在開始，我們古島夜市的流動樂團要開始演奏了！」小琪對著除了自己以外，全都驚訝不已的另外三個人宣布。

「就在這個房間？」

看到好友們瞪大眼睛望著她，小琪拼命以眼神向他們示意，阿通和亮亮這才會意過來，彷彿被點醒一般，兩人非常有默契的擺出小時候的隊型。

「是的！現在要為各位帶來古島夜市才有的流動樂團，睽違多年後的首演！」阿通華麗的介紹著。

接下來，他們為葛叔表演了一場專屬表演。

這是場融合了搖滾、傳統戲曲和古典鋼琴的奇妙演出，在沒有經過排練的狀況下，合奏出來的音樂難聽得嚇人，完全是不合拍的噪音。但他們卻不在乎其他人的目光，完全沉浸在自己專注的演出中，而葛叔更是聽得淚眼汪汪，直到護士出現，將製造噪音的流動樂團趕走，奇妙的歌聲才停止。

病房外，循聲而到的眾人感動又好笑的欣賞著，這一場表演讓多年後的他們回憶起來，還是印象深刻，卻也對再來一次敬謝不敏。

葛叔的開刀時間到了，眾人目送著他被推進了手術房，房外的手術顯示燈閃亮著，不知何時才會熄滅。

緊盯著手術室的小琪，直到亮亮拉著她坐到一旁的椅子上，她才注意自己一直站在手術室門口。

她發現夜市的好友們都沒有人離開，甚至連大胖和小賈也在一旁陪伴著；賈媽又開始織起奇怪的玩偶，這次似乎是綠色的河馬；而胖爸似乎嘗試做著瘦小腹的健身操；只有阿通不見蹤影。

小琪再次感受到夜市眾人合群與團結一致的向心力。

「小琪，這個給妳。」

小琪接過亮亮拿給她的東西，攤開掌心一看，是小黃狗吊飾。

「阿通在路上撿到的。」

小琪看著被雨沖刷過，變得乾淨的小黃狗吊飾，她曾經以為這是母親留下的遺物，但現在她知道，這是她和外公之間重要的連繫。

「謝謝妳，亮亮……雖然這不是媽媽的遺物，但卻是外公送給我的東西，謝謝。」

亮亮放心的看著小琪，看來小琪已經從先前的打擊中走了出來。

「小琪，對不起，亮亮都和我們說了，我們不知道原來妳的壓力這麼大。」大胖突然走到小琪身邊對她說道。

「對呀！而且我們也不應該把責任都推到妳身上。」小賈也不好意思的說。

「你們……」小琪感動的看著他們。

「妳願意原諒我們嗎？」

「拜託啦！不然我會被我老爸揍耶！當他聽到我竟然怪罪妳的時候，整個人都抓狂了。」

「因為他們自己到了緊要關頭也都怯場了，根本不好意思怪別人。」小賈小聲的說道。

「那你們願意原諒我嗎？我臨陣脫逃……」

「當然啦！只要妳原諒我們的話。」

「嗯！我原諒你們，謝謝你們。」

四個年輕的孩子又像從前一樣互相關心著。

在一旁看到孩子們真誠的互動，老謝感慨的說：「都怪我誤信了小林那傢伙所說的

話。」

「誰叫你都不和我們商量，硬是想要自己搶功勞！」花姨不放過任何一個可以虧老謝的機會。

「哎呀！這次真的是我錯了。」

「對呀！快點承認你錯了，然後答應讓我去唸餐飲吧！」阿通不知從哪裡冒出來，手上多了兩個大提袋。

「這是兩碼子事。」

「可惡！」

雖然老謝與阿通兩人的意見依舊不合，但卻也不再是激烈吵鬧的狀態。

「臭老爸，謝謝你，還好有你連絡了王醫師。」

聽到阿通的話，小琪感激的看著老謝。

「謝叔叔，謝謝你！」

「這也沒什麼啦！王醫師本來就是我們家的忠實顧客，以前辦桌時，他也都會來捧場，還好這是他有時間又願意接，交給他執刀，葛叔就沒問題啦！」老謝不好意思的說道。

「趁這個機會，我來請大家吃我親手做的菜吧！」

「現在？」

「在這邊？」

眾人異口同聲的表達訝異。

「哼哼！我早知道會發生這種狀況，所以趁剛剛的空檔回去準備了些東西帶過來，大家應該都餓了，快來吃吧！」

「明明就是趕得要命，還假裝悠哉！」亮亮毫不留情的給阿通「漏氣」。

「反正快吃吧！」

阿通端出了放在提袋裡的食物，雖然都冷掉了，卻一盤盤色香味俱全。老謝看著阿通的料理，驚訝不已。

「阿通，這是你做的？」

「對呀！老爸，你還沒吃過吧？」阿通有點不好意思的問道。

「你自己學的？」

「對呀！從小學開始，我也算是學藝多年了呢！」阿通自豪的說。

「沒想到你竟然已經會做那麼多菜了。」老謝感慨的說道。

「別說了，快點嚐嚐吧！」

在折騰了一天之後，大家早就飢腸轆轆，身心俱疲了，於是也毫不客氣的迅速吃了起來。

「好吃！」

「太厲害了！」

這是大家第一次嚐到阿通的料理，所有人都讚不絕口。唯獨老謝嚐了一口後就沉默了。

「阿通……」

這是老爸第一次吃自己的料理，對於即將聽到的評語，阿通屏息以待，畢竟這和自己的夢想是否會被認可息息相關。

「做的不錯嘛……」老謝感嘆的說。

「嗯！喔喔！」阿通感到有點失望，原來不過就是一句不錯而已。

「不要荒廢音樂喔……」

聽到這句話，阿通一時還反應不過來。

「什麼？」

「笨蛋，是在跟你說，你爸支持你當廚師了啦！」亮亮提醒著阿通。

「真的嗎？老爸？」阿通驚喜的問。

「哼！少得意忘形了，不管是做什麼行業，都不准你半途而廢！」

「謝謝老爸！」

看著阿通抗爭了這麼久，終於獲得了家人的支持，小琪打從心底為阿通高興。

她想到自己和外公，當時外公是抱著什麼樣的心情，才決定為了自己而轉行的呢？

而且外公沒有任何人支持，一直都只有自己默默的努力著，連養育嬰兒也是第一次，小琪看著「手術中」的燈光，在心裡祈求著，讓她能親口告訴外公她的感謝，並且也讓她有機會能再為外公做事，再次共同生活著。

小琪很確定，對於宋先生的提議，自己的答案會是什麼了。

就在眾人休息之餘，宋先生和小林走了過來。

大家不友善的看著他們，尤其是老謝，更是死瞪著小林。

「欸！不要用那麼恐怖的眼神瞪我，我有被宋先生警告過了，希望你們不要誤會，我給的建議是出於我個人，而非宋先生指使的。」小林舉著雙手投降。

「你說的話還有誰相信啊？」老謝指出了重點。

「哈哈！的確是。」小林不好意思的摸摸頭。

「小林是我的助理，照理來說，他所做的事情本來就應該由我負責，這次過來，除了要關心葛叔的病情外，就是要聊和辦桌有關的事情。」

「你們現在還有臉來說這個！」胖爸激動的說。

「就是因為你們的小手段，辦桌才會沒辦法如預期順利的！」

「我承認，所以我希望能和各位商量，在和小琪對談過後，我發現事情或許有其他的辦法。」宋先生誠懇的說道。

「小琪。」

「宋先生。」

「聽說葛叔要開刀，一切順利嗎？」

「嗯！謝謝你，宋先生，我已經決定了。」小琪說出了和外公和解後，自己終於理出的頭緒。

「我要和外公一起生活，即使沒有血緣關係，但將我扶養長大，一直疼愛我，教導我的都是外公，他是我無可取代的親人！」

「原來如此，我知道了。」宋先生有點惋惜的點點頭，原本他們夫妻已經準備好迎接新家人了。

「看來妳已經想清楚，也找到自己的方向了。」

「宋先生，還有一件事。」小琪有點不好意思的說。

「我找到自己真正想做的事了，不是為了外公或其他人演奏，也不是傳承傳統。和阿通一樣，我雖然擅長唱歌，也有能力傳承戲曲藝術，但我真正想做的，是看到人們凝聚在一起，互相支持和鼓勵的臉孔，那是真正吸引我，讓我想要持續做下去的事情。我想要為陪伴我一起長大的好友們付出，盡自己的力量幫助他人，而且……」

小琪不好意思的看著其他人，宋先生用眼神鼓勵小琪說下去。

「而且我覺得傳統是不能廢除的。」

小琪環顧著夜市眾人。

「你看，就是因為濃濃的人情味，夜市的大家才會聚集在這裡，一起守護外公。辦桌不只是為了要酬神而已，更是為了讓大家能凝聚在一起，互相幫助與分享，這才是辦桌的真正用意。」

「除了學習傳統，我更想成為推動傳統保存的動力，維護美好的傳統，然後和現代融合。」小琪露出自信的微笑。

「喔！看來妳小小年紀，就已經體會了許多大人都忘記的道理。」宋先生讚賞的點點頭。

「那麼，妳有辦法向已經對辦桌失望的社區居民證明，辦桌不只是風化和混亂的聚集地，更是傳統文化與情感的交流場所嗎？何況辦桌已經停辦了。」

「宋先生，辦桌一定會再次在古島夜市延續下去的，到時候要和居民搭起一座溝通的橋梁，還需要您的協助！」

「如果真有這麼一天的話，我會很樂意協助的，那麼，希望葛叔的手術能順利，我

就先行告辭了。」宋先生笑著帶小林離開了。

看著他們離去的背影，阿通納悶的問：「小琪，妳什麼時候和那個討厭的傢伙變得這麼熟了呀？」

「欸！其實宋先生人很好啦！」小琪靦腆的說。

回想起自己剛剛好像說了一些很不得了的話，不禁雙頰泛紅，她的確有這個想法，卻不知道可不可行。

不過不管什麼樣的想法，都沒有目前的狀況來得重要！小琪抬頭看著手術室的燈，心急的想著到底還要等到什麼時候，才能見到活蹦亂跳的外公？

手術中的燈終於熄滅了，眾人緊張的看著被打開的白色門扉。小琪專注的望著打開的門，覺得自己的心就要從喉嚨跳出來了，比在眾人面前唱歌都還要緊張。

門後，醫護人員推著病床走了出來……

「敬花姨和亮亮！」

為了向花姨和亮亮告別，也為了慶祝古島夜市的復活，大夥們聚集在牛排大王的店

內，由即將成為餐飲科新生的阿通掌廚，請所有人吃飯。

「可惡，阿花，妳竟然這麼晚才告訴我們，太見外了！」老謝生氣的說。

「我也是想要一切都弄妥善了才說嘛！而且你看，就是因為這麼感傷……嗚……」才說著，花姨就哭了起來，沒想到老謝也跟著哭了起來。

「阿花，妳一定要好好養病！」

胖爸和賈媽也加入痛哭的行列，一群年過半百的歐吉桑和歐巴桑，就這樣抱頭痛哭了起來，還好店被夜市自治會包下來了，否則肯定會嚇到用餐的客人。

「敬小琪，如果不是她發現了土地公廟的歷史破百，是個活古蹟呀！」老謝激昂的說。

「這是大家都知道的事啦！」小琪謙虛的說。

「可是也只有妳想到要申請古蹟啊！」

「現在我們是古島觀光夜市了！」

「敬古島觀光夜市！」

「敬花姨和亮亮！」

「還有我們未來的大廚，敬阿通！」

阿通露出得意的笑容，大方接受眾人的祝福。

就在眾人舉杯同歡之時，宋先生和小林推門而入，小琪一看到宋先生，隨即跑了過去引導他們入座。

「宋叔叔，謝謝你過來！」小琪開心的說。

「其實你們不用請我。」宋先生說。

「宋叔叔，就是因為你的幫忙和社區居民做協調，今天我們才能和居民有溝通的管道！」

「那也是因為夜市願意改變型態，是你們自己的功勞。」宋先生讚賞的說。

「宋叔叔，我相信你之後會看到，古島觀光夜市不僅是一般夜市，它將融合傳統技藝與現代市集，讓捏麵人、說唱藝術和與民同樂的辦桌共存於現代生活！」

「哈哈哈哈！這些是學校教的嗎？如果是的話，你們的學校教育非常成功呢！教出來的學生都很有毅力，也都有自己的想法！」

「才不是學校教的呢！」亮亮擠到小琪的身邊。

「是生活的智慧啦！」

「既然各位這麼有生活智慧，又懂得變通，那麼我有個提議希望你們能聽聽。」宋先生說：「既然辦桌有個舞台，事實上，社區也需要有個表演的空間。我提議讓辦桌舞台發展為社區發表的平台，我相信，這樣的安排能讓社區和夜市能更和諧的結合。」

「贊成！」

「我也贊成！我家隔壁跳民俗舞的阿娟早說過一直沒有舞台可以給她發揮了！」

「敬宋先生！」

那晚，在牛排大王寬敞明亮的店內，為了歡送要重新啟程的好友們，為了推動新的社區共榮發展，為了感謝一路以來的支持與包容，眾人不分彼此，凝聚彼此的心意開心同樂著。

12. 夜市之女
古島觀光夜

「後來，在宋先生的協助下，夜市自治會和社區居民開始了直接溝通，一起找到彼此都能接受的共生型態。

在多年的努力下，終於成長為現在各位看到的，成功融合社區與商業活動的『古島辦桌』。」民意代表葛小琪對著來自其他夜市代表們說。

「所以妳才會當上民意代表呀！」某代表感慨的說著。

「是的，當年害羞的小女孩也終於找到自己想做的事，不是為了任何人，也不是為了任何利益，只是因為自己想做，並堅持去做，原來是如此自然又自在的感覺。」民代葛小琪露出心滿意足，充滿自信的表情。

「對耶！這場辦桌的總鋪師就是阿通吧？」

「是的，各位所吃的料理，就是由留法的大廚阿通每年特地回台做的改良式傳統料理。」

當她說完故事後，也到了晚上辦桌正式開始的時間，一道道美味的料理紛紛送上圓桌。

「竟然是融合了中法料理的創新料理。」眾人驚訝之餘，不禁又多嘗了幾口味道香

濃的料理。

「那後來葛叔的手術怎麼了呢？」已經聽故事聽上癮了的人們，趕緊追問葛叔的發展。

「外公呀……」

「對呀！後來呢？」

「你們可以直接問本人呀！」

「本人？」大家疑惑的問。

「就是那位一直在台上，堅持不願放下麥克風的老人。」小琪無力的說著。

每年上演搶麥克風的戲碼從未間斷過，但也證明了外公寶刀未老，活力依舊，小琪開心的看著她深愛的家鄉和家人。

麥克風最後由老謝奪得，他順利成為主持人後，開始為古島辦桌的演出做暖身。

「歡迎各位來賓參加古島辦桌以及欣賞今晚的演出，今天有個很特別的活動。」老謝說：「今天是夜市與社區成功合作的第十五屆辦桌，在此我們要特別感謝一個人，她一直以來為辦桌付出了許多的心力，至今依舊關懷著社區與辦桌，可以說，沒有她就沒

有古島辦桌。」老謝環顧台下，很滿意自己成功造成了台下議論紛紛的效果。

「而且，這個人身世奇特，可以說是名符其實的夜市之女！在夜市長大，也為夜市與社區的居民獻身，不辭風雨，鞠躬盡瘁的服務著鄉里！請各位以熱烈的掌聲，讓我們歡迎民意代表葛小琪！」

聽到自己的名字，小琪驚訝的看著台上的老謝，後者對她眨了眨眼睛，而一旁健康有活力的花姨和阿通也鼓勵著她，催促她上台，她最親愛的外公，葛叔就站在舞台的階梯旁等著她，小琪不好意思的經過向她恭喜的眾人，熟悉的面孔中有已經在社區開班教課的賈媽，她獨具風格的手織玩偶意外的受到歡迎；也有瘦身失敗，挺著大肚腩卻已經擁有人氣滷味店的胖爸。

小琪感動的看著夜市多年的好友們，在葛叔的帶領下走上了舞台，接受歌手亮亮獻上的花束。

站在舞台正中央，小琪回想起自己第一次站在這個舞台上的窘樣，小琪不禁泛紅了雙眼，哽咽著訴說道謝與感言。

這次，她沒有撞倒麥克風，因為她雙手捧著花，所以老謝穩穩的幫她拿著呢！

12 夜市之女

傍晚的天空掛著豔紅的彩霞，翻新的紅磚步道上點綴著翠綠的樹葉，廣場的花圃則綻放著嬌豔欲滴的花朵，今年的辦桌也依舊順利的連繫著社區居民們的情感，涼爽的晚風將如期吹起，提醒著戶外聚餐的眾人們，享受美食之餘，也要好好珍惜相聚的時光！

夜市長大的小女孩

作者　岑文晴
責任編輯　王成舫
美術編輯　蕭佩玲
封面設計　蕭佩玲

出版者　培育文化事業有限公司
信箱　yungjiuh@ms.45.hinet.net
地址　新北市汐止區大同路三段一九四號九樓之一
電話　（02）8647-3663
傳真　（02）8674-3660
劃撥帳號　18669219
CVS代理　美璟文化有限公司
TEL／(02)27239968
FAX／(02)27239668

總經銷：永續圖書有限公司
永續圖書線上購物網
www.foreverbooks.com.tw

法律顧問　方圓法律事務所　涂成樞律師
出版日期　2013年7月

國家圖書館出版品預行編目資料

夜市長大的小女孩 / 岑文晴著. -- 初版.
-- 新北市 : 培育文化, 民103.07
面 ; 公分. -- (勵志學堂 ; 40)
ISBN 978-986-5862-10-7(平裝)
859.6　　102009401

※為保障您的權益，每一項資料請務必確實填寫，謝謝！

姓名		性別	□男 □女
生日	年 月 日	年齡	
住宅地址	郵遞區號□□□		
行動電話		E-mail	

學歷

□國小 □國中 □高中、高職 □專科、大學以上 □其他______

職業

□學生 □軍 □公 □教 □工 □商 □金融業
□資訊業 □服務業 □傳播業 □出版業 □自由業 □其他______

謝謝您購買 夜市長大的小女孩 與我們一起分享讀完本書後的心得。務必留下您的基本資料及電子信箱，使用我們準備的免郵回函寄回，我們每月將抽出一百名回函讀者，寄出精美禮物以及享有生日當月購書優惠！想知道更多更即時的消息，歡迎加入"永續圖書粉絲團"

您也可以使用以下傳真電話或是掃描圖檔寄回本公司電子信箱，謝謝！

傳真電話：（02）8647-3660 電子信箱：yungjiuh@ms45.hinet.net

●請針對下列各項目為本書打分數，由高至低5～1分。

	5 4 3 2 1		5 4 3 2 1
1.內容題材	□□□□□	2.編排設計	□□□□□
3.封面設計	□□□□□	4.文字品質	□□□□□
5.圖片品質	□□□□□	6.裝訂印刷	□□□□□

●您購買此書的地點及店名______

●您為何會購買本書？

□被文案吸引 □喜歡封面設計 □親友推薦 □喜歡作者
□網站介紹 □其他______

●您認為什麼因素會影響您購買書籍的慾望？

□價格，並且合理定價是______ □內容文字有足夠吸引力
□作者的知名度 □是否為暢銷書籍 □封面設計、插、漫畫

●請寫下您對編輯部的期望及建議：

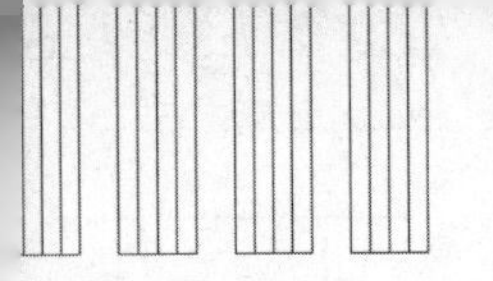

221-03

新北市汐止區大同路三段194號9樓之1

FAX：（02）8647-3660

E-mail：yungjiuh@ms45.hinet.net

廣　告　回　信
基隆郵局登記證
基隆廣字第200132號

培育

文化事業有限公司

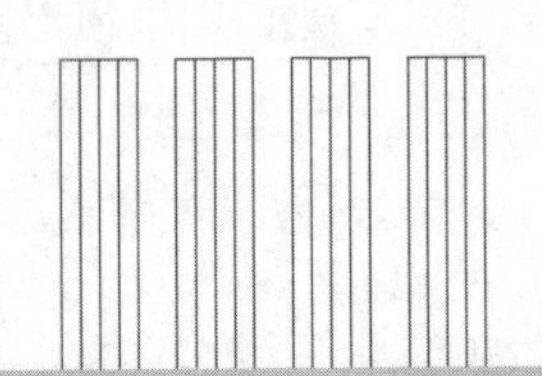

讀者專用回函

夜市長大的小女孩

培養文化育智心靈的好選擇